游金梦

中国古典小说中的人情与世事

骆玉明 ◎ 著

人民文学出版社

图书在版编目(CIP)数据

游金梦：中国古典小说中的人情与世事 / 骆玉明著.
北京：人民文学出版社，2025. -- ISBN 978-7-02
-018974-8

Ⅰ. I207.41
中国国家版本馆CIP数据核字第20245QR223号

责任编辑　朱卫净　邱小群
封面设计　李苗苗

出版发行	人民文学出版社
社　　址	北京市朝内大街166号
邮政编码	100705
印　　制	山东临沂新华印刷物流集团有限责任公司
经　　销	全国新华书店等
字　　数	128千字
开　　本	787毫米×1092毫米　1/32
印　　张	9.375
版　　次	2025年1月北京第1版
印　　次	2025年1月第1次印刷
书　　号	978-7-02-018974-8
定　　价	79.00元

如有印装质量问题，请与本社图书销售中心调换。电话：010-65233595

新版《游金梦》前言

《游金梦》是读《西游记》《金瓶梅》《红楼梦》三部小说的随札的汇编，它形成的缘由，在原序里有说明，不必再费笔墨。这书问世以来，得到不少朋友的喜欢，这次人民文学出版社重加印行，于我而言当然是开心的事情。

重版的书，常规是应该有个新序，但好像又没有必须要说的话。那便闲聊罢，譬如中国古小说里描述最多的人生境况：轮回与无常。

《西游记》故事的结束，是取经小分队完成佛祖委派的任务，各自的人生也大获成功。八戒、沙僧大概还要努力求进步，孙悟空那是成了佛的，那就是从此摆脱生死轮回，获得"圆满"。

但是新近火爆的电子游戏《黑神话》，却又把猴子从天庭里拉出来，重回花果山，与神佛作对，与妖魔恶斗。这就是让孙悟空由"圆满"再度进入轮回。这当然是编造游戏的需要，而无意之间，却触及了《西游记》一个内在的矛盾。

在《西游记》故事里,"天庭"代表着一种权力秩序,它可能不公正,荒诞可笑,而且因为没有生气而不好玩,却是必不可少的。孙悟空以一个反抗和破坏者的形象出现,那确实是痛快淋漓,可是那没有出路。"敢问路在何方"?改邪归正,顺服于权力秩序,完成佛祖所安排的伟大事业,那就是路。

如果你定要做另一种完全不同的假设,就是孙悟空造反成功——"皇帝轮流做,明年到我家",则又如何?无非是再建一个权力秩序,它照样会不公正,荒诞可笑,因为没有生气而不好玩。那不过是另一种轮回。

所以《黑神话》也可以引申出深意来:且不要"圆满",有得玩就玩一会儿。

轮回表明一个故事的结束,也表明另一个故事的开始。在轮回的过程中,前一个故事中的人物到下一个故事里需要变换角色和关系。中国的旧小说大多有一种习惯:用"轮回"来体现"报应"。前世作恶的人在来世会受到相应的惩罚,前世的亏欠到来世也必定要作出赔偿。所以,现实世界中的一切不公,如果以数世相加减来计算,会得到一个数字的平衡。王国维称这种平衡为"诗的正义",它确实给挣扎在不幸中的人们以一种安慰。

《金瓶梅》的故事到了结束,请出一位普静禅师做收场,"荐拔幽魂,解释宿冤,绝去挂碍,各去超生"。

就是把旧帐都放去，各人重新演一段人生戏文。这一段写得很马虎，但全书固有的冷峻无情一直贯穿下来，到这里仍然让人震惊。西门庆欺男霸女，生前尽情享受，死后托生，是去东京富户沈通家做二儿子。他的商业规模，有可能比前世做得更宏大？孙雪娥是一个因愚蠢而活得极为凄惨的女人，她项上挂着自缢用的索子，得到的安排是"往东京城外贫民姚家为女"。那就是说，她下辈子还得倒霉甚至更加倒霉。作者以这种胡乱编排陈述一个残酷的事实：这个世界的荒诞、不公与苦难，是永远也没有尽头的。当然，从积极的意义上，你也可以认为，这是对人类追求正义的意志的挑战。

近来关于欧美顶级上流社会的下流传闻很多，"萝莉岛"还没有说明白，又来了"吹牛老爹"，感觉西门庆他们是不是几番轮回，风流快活到大洋之东了？

《红楼梦》说人世无常，到了七十五、七十六回格外淋漓尽致。这是在抄检大观园之后，贾府的财力难以支撑，内斗却格外激烈，又传来作为贾府镜像的江南甄府被抄家的信息，这时迎来前八十回最后一场大聚会：中秋家宴。

家宴的核心人物是贾母。她自述从重孙媳妇做起，如今自己也有了重孙媳妇，前后累计是七代人。也就是说，老太太经历了贾府从兴起到繁盛再到衰退的全部历史。她见多识广，深知"繁华有憔悴"，一切都无可奈何。

那个晚上的家宴不再有往时的热闹。老太太不禁感慨道："可见天下事总难十全。"说毕，不觉长叹一声，于是命人拿大杯来斟热酒喝。宋代文豪苏东坡的中秋词说："人有悲欢离合，月有阴晴圆缺，此事古难全。"老太太的伤感跟东坡是同一个调子。她这时要拿大杯喝酒，也是文人士大夫的作派。

中秋赏月时听笛的文字非常优美，我们直接来读一段原文吧：

"只听桂花阴里，呜呜咽咽，袅袅悠悠，又发出一缕笛音来，果真比先越发凄凉。大家都寂然而坐。夜静月明，且笛声悲怨，贾母年老带酒之人，听此声音，不免有触于心，禁不住堕下泪来。众人彼此都不禁有凄凉寂寞之意。"

中秋赏月，是写诗的好题目。但大观园的诗社却已经零落，只剩林黛玉和史湘云两人联句斗诗，她们写下了《红楼梦》里最美的一个对句："寒塘渡鹤影，冷月葬花魂"。

史湘云的上联，写夜深时分，月光之下，一只鹤的影子孤零零飘过寒凉的水面；林黛玉的下联，说花已成泥，它曾经有过的美丽都已消失无踪，而它那纯洁的灵魂，融合在冷冷的月光中。

中国文学受佛教影响，多有人生无常的感伤。但其中却有一种特别的生机，就是表达无常之美；人在不可把握的命运中，把握生命中可能的美感。从王维的诗，到《红楼梦》，都因此而格外感人。

读书有各种乐趣，我这里就此说一点闲话，聊为新版之序。

骆玉明　甲辰秋日

前　言

　　《游金梦》的书名听起来有点玄，其实就是《西游记》《金瓶梅》《红楼梦》这三部古典小说的书名各取一字缀合而成。

　　当然也可以为之做一些解说：《西游记》的精神是游戏，照鲁迅的说法，它本是一部游戏性的小说。但"游戏"未必就意味着浅薄，一个有智慧有见识的小说家，用一种游戏笔墨来写异想天开、神妙奇怪的故事，反而更显得目光灵敏，烛照分明。"金"在《金瓶梅》里面本来指潘金莲，借用来指这部小说中无所不在的金钱的力量也是很顺当。金钱令人着迷，令人神魂颠倒、意气飞扬，就是西门庆被大肆渲染的性能力，其实在很大程度上也是金钱力量的象征。但肆滥的享乐却愈益衬托出死亡的苍凉。而《红楼梦》的作者曹雪芹，则是在人生失路的迷茫中，把追忆美丽的女子们曾有过的音容姿态作为人生最后的寄托。情未曾得到实现，却在文字的虚构空间转化为永恒。

　　游戏与幻想、金钱与欲望、爱情之梦，是三部小说核心的内容，合奏起来是激荡的生命乐章。在一般读者的人生经验中，也总是常与之相遇、为之忽欣欣而喜忽郁郁不乐吧。所以《游金梦》的书名也不妨说是有寓意的。

我在学校里讲中国文学史课程，经常会说到小说的一个重要功能，是对人性的审视和演示，也就是通过文字所建构的空间，通过文学人物生命中的悲欢，探究人到底是什么、可能是什么。中国古典小说的名著也有好多种，我最喜欢的就是本书中写到的三种，其余的像《三国演义》《水浒传》，从前也很喜欢，但总觉得没有这三种耐看，原因就是在审视和演示人性方面，这三种表现得最为丰富和深刻。《西游记》《金瓶梅》《红楼梦》，每一部在中国文学史上都具有里程碑的意义，每一部都通向新的天地，让读者在带着自身的情感与经验走入其中时，对人在这世间的生存，获得更多的体悟和理解。

近几年我在《瞭望东方周刊》上开设一个名叫"秋水杂篇"的专栏，为此写了这些漫谈三部小说的随札。事先没有周详的计划，想到什么话题有趣就说什么话题。有时候一个题目写到半途觉得不好玩，就搁下了，再过些日子忽然找到可以说的路径，又重新写起来。总之，文章要有点意思又读起来有趣，便是我写作的目标。

几年来，大抵每隔一周，周刊的编辑，也是好朋友的黄琳就会发短信来催稿,通常我在周二或周三的一个夜晚把一篇写完。渐渐积起来可以成一本书了,老朋友贺圣遂又催着把它编理付印。没有他们两位,也就没有这本书。

目 录

闲话《西游记》

003 东来西往,一场空忙?
008 吃饭问题
012 八戒的荣光
016 观音菩萨的猴缘
021 憨厚的魔头
026 猴王与群猴
031 "男儿无妇财无主"
036 牛魔王一家
040 沙僧的沉默
045 唐僧有啥了不起
049 为什么是猪

053 神佛世界

057 小妖的逻辑

062 有人事则通

066 猪八戒买棺材

070 猪八戒"倒踏门"

075 《西游记》的世界

080 西王母改嫁玉皇大帝

085 为何孙悟空只做"外公"

089 红绿黑白说《西游》

散谈《金瓶梅》

095 《金瓶梅》作者之谜

099 儿子还得挣个文官

103 张公吃酒李公醉

108 西门庆的危机公关

113 堂皇下的糜烂

117 权力寻租的故事

121 毁灭才是她的拯救

125 晦暗的生命

130 宋蕙莲之死

134 "狗才"应伯爵

138 小泼皮郓哥

143 你还不知道我是谁哩

147 玉楼人醉杏花天

151 李瓶儿的南柯梦

156 正妻的角色

160 陈敬济的乱伦之爱

164 常峙节三借西门府

漫说《红楼梦》

171 灰暗的彩霞

176 放浪尤三姐

181 剑上的花

185 贾政与宝玉

189 焦大：从马尿到马粪

194 美总是脆薄易碎

198 薛宝钗的"冷"与"热"

203 沉醉湘云

207 秦可卿之奇瑰

212 刘姥姥意味无穷

216 贾珍的性情

221 贾宝玉的婚事

226 卑微的爱情

230 妙玉的隐秘

234 妙玉的结局

239 改革者贾探春

244 探春和她妈

249 唐伯虎与林黛玉

254 王熙凤不识字？

258 王子腾——《红楼梦》里的影子人物

262 香菱学诗

266 薛蟠和"薛蟠体"

270 贾雨村判案

274 女人的等级

278 贾宝玉不好演

283 梦断芙蓉

闲话《西游记》

东来西往，一场空忙？

《西游记》写到第九十一回，唐僧师徒已经到达"天竺国外郡，金平府"，虽说还有不少路要走，终究是成功在望了。在这里发生了一桩有趣的事情：当唐僧告知当地慈云寺的和尚自己来自"中华唐朝"时，那和尚倒身下拜，无限崇敬地说道："我这里向善的人，看经念佛，都指望修到你中华地托生。才见老师丰采衣冠，果然是前生修到的，方得此受用，故当下拜。"千辛万苦来到西天，而就住在西天边上的人们却一心想要投生到东土大唐！写小说的人或许并无深意，不过读起来这话真是有点讽刺味道。

也喜欢说神道鬼的蒲松龄显然发现了这里的

悖谬，于是在《聊斋志异》中留下了一篇充满戏谑意味的短篇小说《西僧》。小说中说有两名僧人自西域来到东土，一位去了五台山，一位落脚于泰山。他们自述路途中经历，说是曾经翻过火焰山，山中热气熏腾，犹若炉灶，只有在雨后才能小心翼翼地爬过去，如果不小心踢到山石上，立刻就有火焰飞腾。他们还经过了流沙河，河中有水晶山，峭壁直插天际，四面莹澈，好像是透明的。水晶山中有狭隘的山口，两条龙各守一边，想要过去先要拜龙，得到允许，山口才会打开。这分明是拿《西游记》的材料稍加修改而成，只是"西僧"往东来，"东僧"往西去，方向正好相反而已。途中的艰难困苦也不相上下：他们在路上走了十八个寒暑，出发时一共是十二人，至中国仅剩下两人。

那么西僧"东游"目的是什么？原来西土传闻中国有四大名山：泰山、华山、五台山、落伽山，山上遍地皆黄金，观音和文殊两位菩萨仍然生活在这里，谁能到达此处，立刻就能成佛，长生不死。这小说是写给中国人看的，读者当然知道实情没有这么美妙。

接着蒲松龄写下了一段十分机智的评论:西僧仰慕东土,犹如东土之人仰慕西土,倘若西游取经之人与东游拜佛者在中途相遇,各自叙述本地真相,必然相视失笑,各自回头,岂不少吃了许多苦,少走许多冤枉路!蒲松龄想讽刺什么呢?他也许觉得人容易被自己心造的幻相所迷,千辛万苦去追逐那个幻相,到头来只是一场空忙。作为寓言来读,蒲松龄的故事可以用在各种不同的场合,不能说没有发人深省的地方。

不过,若是从文化交流的视角来解析,却不能说那种对远方世界的幻想乃至追逐是毫无意义的。古代交通闭塞,远方的一切信息仅靠口口相传,难得其真情,而人心好奇,每以想象来填充空白,更导致以讹传讹,这都是事实。很多年代中,西方人依靠一部半真半假的《马可·波罗行纪》来了解中国,把中国想象成一个"黄金世界",这和蒲松龄在《西僧》中所说的西土关于中国的传闻,说不同却也有相似之处。但正是这种似是而非的传闻,刺激了人们对异种文明的兴趣，而在缺乏根据的想象之中，又实实在在地包含了在自身世界中追求变化的愿望。托马斯·莫尔（1478—1535）在其著名的《乌托邦》里，就一面赞美东方文明，同时提出："凡是人的智力的创造或属于偶然的发现，他们那儿和我们这儿可以同样都有。"

传闻和想象引发对真相的考察乃至深入的探究，那又是进一步的工作了。我们离开小说《西游记》来说唐僧，也就是历史上的玄奘吧，取经之前他对西土天竺所知道的大概也只是些传闻，而十九年之后回到长安，他却写下了不朽的《大唐西域记》，至今仍是研究古印度宗教与文化不可缺少的依据。反方向的例子可以举十七世纪的利玛窦，他的《利玛窦中国札记》已经摆脱了《马可·波罗行纪》夸耀奇异的模式，开始精确地向欧洲人介绍关于中国的知识。在这以后，西方的中国学算是真正兴起了。

作为传教士的利玛窦等人在中国被人称为"西僧"，而蒲松龄写《西僧》则是在他们之后不久。其实两者未必有什么关系，不过那篇小说嘲弄僧人们东来西往，一场空忙，让人想到的是在那个时代，"东僧"已少有西游的兴趣，而"西僧"对东土的兴趣正浓，他们丝毫不觉得自己在空忙。

吃饭问题

虽然圣贤说"食色性也",以二事并举,吃终究居前。诚然,饿着肚子,"色"是不好玩的。不过吃饭问题不仅在于填满一个皮囊,在高层次的意义上,它也是一种享乐,而宴席上的种种讲究,更可以牵连社交、政治等关系重大的内容。《西游记》的一个显著特点或者说美妙之处,是神奇的幻想与世俗的精神相结合,它自然要关注吃饭问题。

吃得痛快尽兴,莫过于孙悟空大闹蟠桃宴。其过瘾之处,一在快意恩仇——从"弼马温"升到了"齐天大圣",仍然不受待见,天宫里的家伙岂非混账?所以要吃他娘(按此指王母娘娘)的;二在恶作剧——想那西天佛祖、菩萨、各路神仙,正儿八经喜滋滋赶来，多数人还要先至瑶池"演礼谢恩"，而来到宴堂上只见猴儿用剩的残余，那傻傻的情形想起来令人快乐无比；至于"大圣却拿了些百味八珍，佳肴异品，走入长廊里面，就着缸，挨着瓮，放开量痛饮一番"，那当然也是畅快的事情。

要说猪八戒，食肠大而贪吃原是他的天性，但八戒却因此感受到人生的悲哀。最初唐僧他们来到高老庄，听高太公数说八戒的丑行，"食肠大"就是重要的一条："一顿要吃三五斗米饭，早间点心，也得百十个烧饼才彀。"其实高太公明知他十分能干活，而据八戒自述，他的勤劳也给高家挣下了财富，但吃得多便显出粗蠢，所以仍然被人嘲笑。在取经路上，八戒负责挑行李，那是辛苦的事情，有机会就想要多吃些不是没有根据，但又屡屡因此遭到悟空的斥责。天下事真是没有道理的，聪明人、俊人干什么都对，蠢人、丑人干什么都不对！《西游记》里动不动就有人在那儿吟诗，八戒的诗最少——他不擅长这一行当，但有一回借月抒怀，却也是真情流露："缺之不久又团圆，似我生长不十全。吃饭嫌我肚子大，拿碗又说有黏涎。"中国诗歌里特多咏月之作，八戒此诗是否应占有一席之地我不知道，不过要承认其特色十分鲜明吧。

唐三藏乃高僧雅人，想象中应该对吃没有多大兴趣，其实也不尽然。第十七回写到在观音院中唐僧的宝贝袈裟被盗，悟空急纵筋斗云上黑风山探寻，唬得院中大小和尚等朝天礼拜，此时唐僧警告他们事态之严重："但恐找寻不着，我那徒弟性子有些不好，汝等性命不知如何，恐一人不能脱也。"是不是有意借机赚一点好处，这话不好说，总之结果是有益的：当悟空归来查问众人对师父款待如何时，唐僧告知："自你去了这半日，我已吃过了三次茶汤，两餐斋供了。"显然他对此很满意。不过这也实在吃得太多了些，而且回头看前面警告众和尚的言辞，令人觉得有诈吃诈喝的嫌疑。

不要说唐僧常常被作者描写得颇有世俗气息，就连佛祖如来亦"不能免俗"。第八回写到如来出力镇压了孙猴子，而后回到灵山，向西天众成员说明经过，到最后不忘炫耀一番："玉帝大开金阙瑶宫，请我坐了首席，立'安天大会'谢我，却方辞驾而回。"佛祖道行高深不用说，他喻告众人时以"根本性原，毕竟寂灭，同虚空相，一无所有"诸语开头，也显得非常有学问，但在"安天大会"上高居首席，他还是感到骄傲的。

各路妖魔算计着要吃唐僧肉是否属于"吃饭问题"，可能会有争议，不过我以为写在这里并不离题。在《西游记》一百回的故事里，唐僧被妖精逮去有好多次，除了有些女妖想要和他成亲"耍风月"，多数是要吃他的肉——却没有一个吃成功的。这是为什么呢？一是过程太讲究，差不多每个魔头捉到唐僧之后，都吩咐小妖把他洗一洗泡一泡，有的还要让他饿一饿，把体内的废物排尽，这当然需要时间。二是许多妖精喜欢炫耀，逮住唐僧以后不马上动手，还要下帖子请爹爹妈妈或者其他相知相好之人共享这一获得长生的机会。不管哪一种情况，都为孙悟空留下了机会，甚至让他能够东奔西走求爹爹告奶奶。

一般文章写到最后需要总结一下经验教训之类，我想妖精的失败告诉了我们一条重要的道理，就是有好东西要赶紧吃掉。

八戒的荣光

猪八戒如今是个时髦人物，人们拿他编电影、编电视剧、编动画片，热闹非凡。还听说某大学教中文的先生在女学生中做问卷调查，题目是："如果在取经队伍的四人中择一而嫁，你选谁？"结果是八戒以绝对领先的高票当选。要说今日风头之健，这个取经时整天被人骂作"呆子""夯货"的猪八戒恐怕早已超过了孙悟空。

一个重要的艺术形象在文学史上诞生，必然有时代文化的理由，而他的再度走红，也依然有相似的原因。八戒能够在今天博取如此的光荣，是凭借了何种优异的素质呢？这值得我们做些探究。

孙悟空大闹天宫赫赫有名，其实猪八戒也曾

大闹天宫。他做天蓬元帅时，在天宫里借酒追求（或谓调戏）嫦娥，因小仙女不肯依从，"色胆如天叫似雷，险些震倒天关阙"，场面不能说不雄壮——由此他成了猪。到了凡间的王廷他仍然要闹。第九十四回在天竺国拜见国王，唐僧教他收敛些，八戒偏要撅嘴扬威；见国王嫌他粗俗，他更是呆性发作，只管大呼小叫，还讽刺指使悟空责打他的唐僧："好贵人！好驸马！亲还未成，就行起王法来了！"骨子里猪八戒是具有反抗性的，对一切戒律和权威皆无虔诚的敬意。但是和悟空不同，八戒并不一味地逞英雄。他教导孙悟空，识时务者为俊杰，又自称："老猪学得乌龟法，得缩头时且缩头。"这是八戒为人的基本原则。人的能力是有限的，人不可能成为英雄，纵然心向自由，意存骄傲，却更要懂得避害远祸、委曲求全之理，这是八戒留给今人的重要启示吧。

八戒的另一种重要特色是对失败和挫辱持淡泊的态度，因而始终能够乐观地活在世上。还拿嫦娥的事儿做例子，八戒由天神变为凡间的猪，又不得不辛辛苦苦地踏上取经之路，都是因她而起。但当嫦娥下凡帮唐僧诸人收玉兔时，八戒见了她既不恼怒也不羞愧，反而情不自禁地跳在空中，抱住嫦娥自称"我与你是旧相识"，建议要和她"耍子儿去耶"。受到惩罚的性骚扰行为怎么被说成是老交情了呢？八戒不管这个。你想他本领不大，毛病很多，若是心灵总是很敏感，不早就投河上吊了？厚颜无耻而兴高采烈，乃是有八戒特色的精神风貌，也成为许多人学习的榜样。

唐僧取经，在他本人看来无疑是一场伟大的远征。上为了完成君王的宏愿，下为了救助处于困惑与苦难中的人民，其意义可谓神圣。但八戒虽然在行动上参与了这场远征，却从来没有真正认可唐僧所指认的意义。英雄主义、理想主义，这些令一般人激动的东西在八戒眼里是荒谬的，远不如一堆馒头来得可靠。八戒用粗俗和浅薄消解了崇高，据说颇具有"后现代主义"的精神，其实这话反过来说才通顺：今人那些个玄妙的"主义"，不过是粗俗的猪八戒精神罢了。

生活已经被那些虚伪无聊的唐僧们毁坏了，你又不能不过它，怎样才不至于难以忍受呢？盘丝洞的故事值得细读。孙悟空发现七个女妖精在濯垢泉洗澡，打死她们吧怕被人疑心，"低了名头"，便把这不太名誉的工作交代给八戒去完成。八戒则完全不在乎，"抖擞精神，欢天喜地"就去了。但他并不急着打妖怪，而是先同她们调笑一阵，一会儿又变作一条鲇鱼精，在七个女妖精的腿裆里乱钻。妖精总归要打死的，她们那么漂亮，打死之前占点便宜又不亏了谁，这便是八戒内心的念头。只要既无太大危险，又不构成大奸大恶，八戒就能从眼前找乐子，从而提高自己的生活质量。你也许认为这种念头里深埋着人性之恶，但八戒不这么看。

人们为什么喜欢猪八戒？也许有别的理由吧，不过我想他的人生态度、生活方式是首要的。还是十多年前去温州，同一群年轻的政、商界朋友喝酒，说起猪八戒，有一位感慨地说：如今的人都快成为猪八戒了。十余年后八戒愈发走红，我们和他同样喜气洋洋。

观音菩萨的猴缘

在藏族的神话传说中，说到藏民族的起源，是有一神猴受了观音菩萨的点化，与罗刹女成婚，生下六只小猴，它们后来就演化为藏民几个主要的分支。有的故事还说到，当猴群繁衍起来以后，一度出现食物危机，还是那只老神猴去求告观音，才渡过难关。这一神话传说在藏文化中极其有名，不仅几种重要的典籍中均有记载，布达拉宫的壁画中也绘有相关的画面。笔者未尝见研究《西游记》的人引用这方面的材料，但想起猪八戒入赘的那个高家庄也是在"乌斯藏"（元、明时对藏族地区的称呼），好像便不能说藏族神话与《西游记》绝无关系。至少，它令我们感觉到那位观音菩萨似乎跟猴子特有缘分。

在《西游记》神佛世界的诸位大佬中，只有观音对孙悟空格外关照。她前去长安寻访求经之人，路过五行山，还特地看望了被压在山下已经五百年的猴王。而孙悟空的高声嚷叫："我怎么不认得你，你好的是那南海普陀落伽山救苦救难大慈大悲南无观世音菩萨。承看顾，承看顾。我在此度日如年，更无一个相知的来看我一看，你从哪里来也？"更是一口奉承中带着无限希望。第十五回写到悟空保护唐僧未久，才遇到点小麻烦，便扯着观音不放，耍赖说："西方路这等崎岖，保这个凡僧，几时得到？似这等多磨多折，老孙的性命也难全，如何成得甚么功果！我不去了！我不去了！"观音不仅好言相劝，答应"十分再到那难脱之际，我也亲来救你"，还赠他三根救命毫毛——这几乎带有贿赂的意思。此后求经路上遇到难解的灾厄，观音菩萨果然有求必应，有时甚至"不及梳妆"便踏上祥云而去。

当然，孙悟空头顶上那一圈讨厌的紧箍，也是观音菩萨耍花招给戴上去的，但观音对此自有说道:"你这猴子!你不遵教令,不受正果,若不如此拘系你,你又诳上欺天,知甚好歹!再似从前撞出祸来,有谁收管?"民间所谓"恨铁不成钢""棍棒底下出孝子",苦心尽在这番呵斥与怨言中了。读《西游记》,好像观音最关心的倒不是唐僧能否取回他的宝贝佛经,而是顽劣透顶的孙猴子能不能成器。

出现在《西游记》中的观音是位美貌妇人,如第八回第一次具体写她的形象,是"眉如小月,眼似双星,玉面天生喜,朱唇一点红",而第四十九回孙悟空去南海搬救兵,所见观音的风姿更为曼妙:"懒散怕梳妆,容颜多绰约。散挽一窝丝,未曾戴璎珞。不挂素蓝袍,贴身小袄缚。漫腰束锦裙,赤了一双脚。"解说观音与孙悟空之间关系的文章,有的将他们比拟为母子,这未免过于坐实,孙猴子对菩萨也没有那么敬重;有些胡侃家则把他们编派为一对情人,那更是唐突而无据,怕是要下拔舌地狱。其实我们从最简单的地方去想,事情是容易明白的:像孙悟空这样一个无法无天、自以为是、刚猛暴烈的野猴子,如果设想还有谁能常常教训他、引导他，师父不管用，佛祖也不行，那只能是一位才智高于他、美貌而又亲切的异性。不是说"英雄难过美人关"，而是对骄傲的男性来说，女性是唯一能够让之低首的对象，她们象征了世界可能有的温情和慈爱。

也许很多人都知道，观音菩萨的形象本来是男性化的，如《华严经》中就说观音是"勇猛丈夫"，而敦煌石窟中的隋代观音像，也是身材魁伟，长着八字须。大抵至唐宋以来，观音形象逐渐转化为女性，在一些杰出的艺术作品中，她的美丽、端庄、温和、善良，给人以直接的感动。这种变化也许有很多原因，但我想有两点格外重要：一则在神佛的世界中如果只有男性，它会显得死板、单调，甚至可疑——一帮大老爷们整天说得天花乱坠，会有什么好果子吗？一则人们敬仰神佛，除了从理性上希望获得解脱，还有从感性上获得关爱的渴望，而依据日常经验，女性要比男性更多温柔与慈悲，更懂得爱。西方宗教画在表达世俗感情时，多以圣母马利亚为主题，其中道理相似。

再说孙猴子，他的造反经历，是人性中最狂

放的自由意志的表达。但这是不能久的，必有一条"正道"等着他。如果非得有一个引路人，又希望感情上不至于太憋屈，那就只能是观音菩萨了。说观音有"猴缘"，因为她原本是人的"猴性"于焦渴中所期盼的安慰。观音（本来叫"观世音"）称名的因缘就是：无尽的人在无尽的苦恼中只要呼唤她的名字，她就会出现（《妙法莲华经》）。

憨厚的魔头

提起妖魔，无恶不作、凶残可怕，好像是不必说的。用来比附现实，他们乃是不折不扣的"阶级敌人"，伟人的诗里也写过："今日欢呼孙大圣，只缘妖雾又重来。"其实，《西游记》中的妖魔不尽如此。身为妖魔，为非作歹（集中表现为想吃唐僧肉）是少不了的，但同时他们也有很丰富的情感生活，吟诗论学、附庸风雅、谈情说爱、尽孝道、讲义气，诸如此类，不一而足，实在不纯是狰狞的模样。而且，好多魔头的性格朴实而憨厚，让人颇有与之亲近的愿望。讲《西游记》的人总爱把妖魔世界说成一片漆黑，那不过是想当然。

妖魔犹如山大王，通常以打家劫舍为生，吃人是日常事务（我还想说明一句：《西游记》写吃人非常虚泛，并无强烈的恐怖色彩）。但有时候，他们也会和咱们这些正派人物一样，遵守市场经济法则，讲究买卖公平。如第八十九回写黄狮精盗得悟空他们的兵器，要设个"钉钯宴"风光一番。悟空变身为去市上采买货物的小妖，交账说："买了八口猪，七腔羊，共十五个牲口。猪银该一十六两，羊银该九两，前者领银二十两，仍欠五两。这个就是客人，跟来找银子的。"妖王听说，即吩咐小的们"取五两银子，打发他去"。生意上清清爽爽，一点便宜也不占。

第七十四回写狮驼岭有三位大王，那老魔狮怪为人的直率无心机，人间少有。头回孙悟空弄本事钻破魔瓶，现身在洞口叫战，无人敢挺身而出，"都是那装聋推哑"，老魔自觉在西方大路上素有英名，不堪被人藐视，发怒道："等我舍了这老性命去与他战上三合！三合战得过，唐僧还是我们口里食；战不过，那时关了门，让他过去罢。"人发怒难免要说大话，老魔的大话却说得如此老实，连交战也只说"三合"而不是旧小说的常语"大战三百回合"。后来掠得唐僧，老魔抱住不放，都不肯教人绑在柱上。宝贝得来不易，他也不怕被人笑话。再有车迟国虎力、鹿力、羊力三"大仙"遭悟空诸人戏弄，他们报告国王是如此详尽："我等被他蒙蔽了，只道是天尊下降，求些圣水金丹，进与陛下，指望延寿长生。不期他遗些小便，哄瞒我等。我等各喝了一口，尝出滋味，正欲下手擒拿，他却走了。"喝了敌手的尿这等丢脸的事情居然毫不遮掩，连"尝出滋味"这等细节也不遗落，并且是坦然"笑云"，这等诚实，恐怕只有妖魔能做到吧！

《西游记》里最为天真可爱的魔头要数平顶山上的金角大王与银角大王两兄弟。最初银角闻说唐僧肉之妙，急急便要动身捉拿，金角却劝道："你若走出门，不管好歹，但是和尚就拿将来，假如不是唐僧，却也不当人子？"那意思分明是要讲究政策，不愿误伤无辜。金角提出的办法，乃是以他所记得的模样，将唐僧师徒画成图形，让银角率小妖们上道巡逻，"但遇着和尚，以此照验照验"。妖怪吃人，竟然用了政府捉拿逃犯的法式，岂不妙哉！

银角大王有个宝葫芦，唤人名字，对方只要应答一声，即被摄入其中。这宝贝被悟空盗去，只留下一只同等模样的假葫芦。两人比试法宝，假的自然不灵。悟空解释说宝葫芦原本有二，"我得一个是雄的，你那个却是雌的"，那银角怪从空中坠将下来，跌脚捶胸道："天那！只说世情不改变哩！这样个宝贝也怕老公，雌见了雄，就不敢装了！"他触类旁通，立刻以日常的生活经验解释了突发的巨变，好不聪明。而尤为感人的是：当轮到悟空时，他明知只要不应答便无事，却仍然照事先定下的规矩应了一声，很憨厚地被装在里面。孔夫子说，"人而无信，不知其可"，比起狡诈的孙猴子，魔头真是要正派得多。

从小说的趣味来说，这些魔头犹如戏剧中的丑角，他们的憨厚和笨拙（这两者其实是一回事）以及由此导致的失败，为永远以聪明人自居的读者提供了愉快的阅读经验。但同时，这也因为《西游记》只是一部表现奇思异想、追求好玩有趣的小说,作者不打算让人读得毛骨悚然,也就没有必要把妖魔描绘得狰狞可怖。况且,在《西游记》里,神界和魔界也不是截然区分的。做妖怪,似乎是神界成员偷闲找乐子的度假方式。

猴王与群猴

话说孙悟空从石头里蹦出来之后,"食草木,饮涧泉,采山花,觅树果,与狼虫为伴,虎豹为群,獐鹿为友,猕猿为亲;夜宿石崖之下,朝游峰洞之中",日子过得甚是悠闲。那石猴本是天地间的灵气所孕育,天然带着仙气,与普通的猴子不可同日而语。想起来,凭着他的资质,就做个闲散的猴儿孤身飘摇在海边山野,岂非妙事?但人心不同,孙悟空显然觉得做个猴王更有趣,或者说有更大的好处。

这好处在第一天就显示出来了。当孙悟空发现水帘洞之后,宣称自己"寻了这一个洞天与列位安眠稳睡,各享成家之福",质问众猴:"何不拜我为王？""众猴听说，即拱伏无违，一个个序齿排班，朝上礼拜，都称'千岁大王'"。这种受大众叩拜、高呼"千岁""万岁"的场面，便是王者首要的快乐。从前刘邦由一乡村无赖而登皇帝宝座，见群臣"序齿排班，朝上礼拜"，感慨地说："吾今乃知皇帝之贵也！"现代大人物也有认为"个人崇拜"是必要的，其念想均与孙悟空相通。

做了"美猴王"的孙悟空在花果山"逐日操演武艺，教小猴砍竹为标，削木为刀，治旗幡，打哨子，一进一退，安营下寨"，颇有点独立王国的局面。但这样占山为王到底有什么政治上的目标或谓远大理想，却是完全看不出来的，只是"顽耍多时"而已。其实他做"弼马温"也干得不错的，养马的成就颇值得夸耀。那次他问起弼马温是个什么官衔的时候，如果别人告诉他这乃是天宫里最受人敬重的职分，他或许就一直养马养下去了。大致以孙悟空的立场看问题，人生在世，最值得做的事情就是顽耍，而想要顽耍得特别惬意、快活，莫如"称王称祖"。

孙悟空出世后就不停地同人打架。他的本事

大，对手也厉害，花果山的猴儿们虽说也经过军训，要紧关头却完全帮不上忙。真正需要帮手的时候，他可以扯一把毫毛变作小猴，那还比较管用。既然如此，他还领导着花果山的群猴干什么呢？想必毫毛终究是自己身体的一部分，若是让毫毛变的猴儿们对自己顶礼膜拜、歌功颂德，就像自己整天吹捧自己，到底无趣。你看他弃弼马温之职归至花果山上，"这猴王厉声高叫道：'小的们，老孙来了！'一群猴都来叩头，迎接进洞天深处，请猴王高登宝位，一壁厢办酒接风"。那愉快心情是自吹自擂能比的吗？领袖离不开群众，从这里我们也能够看出来。

至于花果山的群猴，又为什么必须拥戴这位伟大的美猴王呢？具体的好处当然很多，发现水帘洞尚是小事，闹阴曹地府时，孙悟空把生死簿上猴类的名字全给勾了，这里面少不得有几个他的手下，像被封为"马、流二元帅"的两个赤尻马猴，封为"崩、芭二将军"的两个通背猿猴。但最重要的是花果山从此威名远播，成为各路妖怪仰望的圣地。群猴固然没有太大本事，但仰仗着"齐天大圣"的名头，还有谁胆敢小觑他们？作为个体他们虽然很渺小，但他们完全可以用群体的伟大来支撑自己的骄傲。萨达姆临死前说没有他的伊拉克什么也不是，这话未必有多少伊拉克人赞同，但没有孙悟空的花果山肯定什么都不是。由此我们可以认识到群众是需要伟大领袖的。

不过，在石猴出世之前，在美猴王尚未成为猴王的年代，花果山的群猴虽然活得没有那么体面，走在别人面前没有那么神气活现，但危险大概也是有限的。孙悟空来了，闹得天翻地覆，花果山的群猴怎么样了呢？《西游记》第二十八回写到孙悟空在取经途中被唐僧冤屈，回到他自大闹天宫被擒后久违的旧地，"睁睛观看，那山上花草俱无，烟霞尽绝；峰岩倒塌，林树焦枯"。从前四万七千之众，只剩得千余。群猴禀告猴王："自从爷爷去后，这山被二郎菩萨点上火，烧杀了大半。我们蹲在井里，钻在涧内，藏于铁板桥下，得了性命。及至火灭烟消，出来时，又没花果养赡，难以存活，别处又去了一半。我们这一半，捱苦的住在山中。

这两年，又被些打猎的抢了一半去也。"其情甚可哀也。猴王有惊人的本领，闹祸只嫌小不怕大，但他有时也就忘记了群猴乃是平常的猴子，他们会在猴王伟大的顽耍中失去一切。

"男儿无妇财无主"

我在日本有时听到女子用"主人"这个词称自己的丈夫,感觉到很浓重的男尊女卑的味道,但也有朋友告诉我,男人只是得到"语词的光荣"。在一般日本家庭里,钱财完全由妻子掌握,丈夫要把薪水全数上交,然后领得一份零花钱,所以妻子才是真正的"主人"。后来在《西游记》里读到罗刹女哭告牛魔王时,引用俗语"男儿无妇财无主,女子无夫身无主",觉得这话说得最明白:一个家庭里夫妻是互为"主人"的。而这个道理适用的范围似乎很广,古之中国,今之日本,皆可应验。

我曾说过,《西游记》最重要的特色是离奇

的想象和世俗趣味的结合，与此相关，书中大量引用民间流行的俗语、谣谚、格言之类，形成一种奇妙的语言风格。这种流行语言不仅在当时是一般读者非常熟悉的，而且有很多至今广为流传。像"千里姻缘使线牵""嫁鸡逐鸡，嫁犬逐犬""今朝有酒今朝醉"之类，和我们日常所说的仅有微细的差别，虽是古书，读起来仍然觉得很亲切。而这种由凡俗趣味带来的亲切感是《西游记》讨人喜欢的重要原因。

《西游记》中所见俗语、谣谚，直接源于日常生活经验，不仅生动活泼，其中有些还在简朴浅显的语言中蕴涵了对人情世态颇为深刻的理解和精妙的归纳，表现出与知识人的思维不同的民间智慧，很耐玩味。就像"男儿无妇财无主，女子无夫身无主"，解说夫妻关系实在是很微妙。"俺把身子给了你，你把钱包交出来"，至少是相当一部分女人常见的心态吧。又像第二十八回引"当家才知柴米价，养子方晓父娘恩"，是陈言却又常新：谁不是做了父母才真正体会到自己父母的恩情呢？"曾着卖糖君子哄，到今不信口甜人"，这是八戒想要讨盘丝洞蜘蛛精便宜时引用的话。在普泛的意义上，它表达了对甜言蜜语的警戒之心，而"君子"一词用得特别有意思。至于"龙游浅水遭虾戏，虎落平原被犬欺"虽是旧小说中最常见的惯用语，但人到落魄时，总难免要想起它，感慨系之。

民间的俗语、谣谚，有些是很粗俗的，文人雅士往往避之唯恐不远，而《西游记》则无所忌讳。其实粗俗是生活的一种原态，它因为未曾被"净化"而充满野性的生气，别有一种趣味。在狮驼岭，行者拉八戒同去打妖怪，说道："兄弟，你虽无甚本事，好道也是个人。俗云，'放屁添风'，你也可壮我些胆气。"这"放屁添风"四字真是生动无比，怎么也想不出用其他的词来替换。又第七十二回唐僧误撞进盘丝洞，转身欲走，被女妖嘲笑："放了屁儿，却使手掩。你往那里去！"这是事情已经做出来就只能承担后果的意思，不过它比"驷马难追"之类泼辣得狠了，真是要让唐僧羞得脸红。再有"尿泡虽大无斤两，秤砣虽小压千斤"，是第三十一回中悟空对黄袍怪的反嘲，现在的成语只保留了后一半，哪里及得上原句的凶悍！

　　《西游记》中俗语、谣谚的运用又往往与人物性格有关。第三回悟空去龙宫借宝，对东海龙王的推托，先是说，"古人云：'愁海龙王没宝'哩！"继而连用"一客不犯二主""走三家不如坐一家""赊三不敌见（现）二"一串俗语，强索金箍棒和披挂，口齿伶俐而刁钻难缠，十足的猴气与"急赖"相。而八戒用成语，则多与色、食相关，表明他在这方面的用心和专业知识的丰富。如第五十回他要西梁国太师莫忘请酒的诺言，道是"切莫要口里摆菜碟儿"，第五十五回唐僧被琵琶洞女妖摄去，悟空认为师父不会乱性，八戒则说："常言道，干鱼可好与猫儿作枕头！"意下大不以为然。有趣的是，八戒所引用的俗语、谣谚，虽然他说是有来历的，却在别处极少见，很像是他个人触景生情的创造，譬如"斋僧不饱，不如活埋""吃了饭儿不挺尸，肚里没板脂哩"，看来只要情有所专，欲有所注，不怕没有才华。沙僧性情有些呆板，说话不大有趣。第八十一回他引用俗谚"单丝不线,孤掌难鸣"和"打虎还得亲兄弟,上阵须教父子兵",表明愿与悟空并肩作战的心情,多少算是有几分豪气吧。

牛魔王一家

当初孙悟空占山为王的日子，结拜了六个弟兄，组成一个江湖联盟，老大是牛魔王，猴子为老幺。其后悟空被压在五行山下五百年之久，大约"魔情"洒脱，众弟兄相忘于江湖，各有忙乐。其中牛魔王生活内容最为丰富，娶妻，生娃，继而纳妾，另立别馆，风流快活。至悟空奔走于取经路上，才与牛魔王再生交涉。小说在此过程中描述了一个完整的妖魔家庭，于中灵妙地呈现了人间情态。

论本领牛魔王与猴王不相上下，他高据黑帮老大的位置，大约与身形雄壮、气势惊人有关。书中摹其本相，"头如峻岭，眼若闪光。两只角似两座铁塔,牙排利刃。连头至尾,有千余丈长短;自蹄至背,有八百丈高下"。虽说是人不可貌相,但倘要对外办起交涉来,自然多几分威风;在异性面前,更是给人以可以依靠的感觉。猪在高老庄还治下家业呢,何况是牛!

牛魔王的正太太铁扇公主是一名罗刹,从小说中看来是介于仙与妖之间的角色。夫妻俩生下个红孩儿,不仅武功了得,也颇具孝心(他捉了唐僧首先想到要请父亲来享用),那似乎是一个美满家庭。然而据说人到中年难免会有危机,以唐人许敬宗为高宗皇帝欲改立武则天为皇后做辩护的话来说,乃是:庄稼汉多收了三五斗谷子,也想要换老婆呢!况且"罗刹女"在佛经里本来指的是美而暴恶的女鬼,则铁扇公主脾性可以想见。恩爱之情在每日不休的争斗中破损,于是墙外的风景越发变得迷人。

适时而至的是玉面小狐狸。她年轻、漂亮,"如花解语,似玉生香",虽全无武艺,却善于拿捏男人。在洞口受到孙悟空的惊吓后,小狐狸"粉汗淋淋","兰心吸吸",逃回洞府,倒到牛王怀里,"抓耳挠腮,放声大哭",待老公讯问缘由,遂"跳天索地,骂道:'我因父母无依,招你护身养命。江湖中说你是条好汉,你原来是个惧内的庸夫!'"一阵撒娇发嗲,弄得牛魔王六神无主,连连赔礼,口称"美人在上","温存良久"。你很容易明白,这一切正是铁扇公主所缺乏的,以大男人自居的牛魔王从中得到了充分的精神满足。

不过,也许只有梦中的爱情才能是纯精神的状态。牛魔王在小狐狸这里流连忘返,低声下气,钱至少是重要的因素之一。小狐狸用父亲留下的百万家私,不仅供养牛魔王过着富足而风雅的生活,还帮他补贴正妻,"送了他多少珠翠金银,绫罗缎匹,年供柴,月供米"。她身为二奶而轻视大奶,这也是经济基础决定上层建筑吧。有意思的是,近来在小报上经常可以读到这样的征婚广告:某年轻貌美女子,拥有巨额财富,因丈夫意外身故,孤立无助,欲觅可靠男子,终身相托云云。这大抵是骗局,却可以见出牛魔王式的生活在很多人眼里是富于诱惑力的。

一位日本留学生半开玩笑地告诉我,他认为

中国传统文化中最令人向往的东西是多妻制。因为这是充分为男人设想的制度。牛魔王在外面弄了一个新的家室，铁扇公主那儿却依然是他的府第，而且他对那一边也承担着必要的责任。当得知孙悟空冒充自己从铁扇公主那里骗走了芭蕉扇时，他立马赶去夺回。打斗时一句责骂甚见心情："我妻许你共相将！"而罗刹认假作真的情景，尤其使人生怜。

酒至数巡，罗刹觉有半酣，色情微动，就和孙大圣挨挨擦擦，搭搭拈拈，携着手，俏语温存，并着肩，低声俯就。将一杯酒，你喝一口，我喝一口，却又哺果。大圣假意虚情，相陪相笑，没奈何，也与她相倚相偎。

破损的旧情在虚假的重温中呈现迷人的幻相。这是旧时代在感情上遭受抛弃的女子的一种期待：男人要出去"晃"，找乐子，完了他们还会回来。

这个妖魔家庭的故事如此结束：牛魔王被牵往佛地，铁扇公主静心修行，玉面公主的风流俏丽在八戒的钉耙下化作血污。八戒是粗蠢的，他执行世界的粗蠢，并快乐地嬉笑。

沙僧的沉默

读完一部《西游记》，掩卷回思，你很可能记不得沙僧到底说过些什么。他并不是完全不爱说话，但说了等于没说，这是一种很高境界上的沉默。当然，从人物性格的"色彩配伍"来说，悟空和八戒性格极其鲜明，唐僧也富于特色，剩下一个沙僧性格平淡一点也是有必要的，这样容易调和，不然就太闹了。但单从沙僧本人来说，他的沉默、不起眼，是不是也有他的道理呢？

小时读《西游记》，很不明白沙僧为什么要遭那么大的罪：他不过失手打碎了玻璃盏，被玉帝"打了八百，贬下界来"还不够，竟然"又教七日一次，将飞剑来穿我胸胁百余下方回"！我自己干家务活不在意也曾打碎瓷碗，想起沙僧不禁一凛，心想幸亏俺老爸不是玉皇大帝。后来才明白其中缘由。首先，沙僧当年在天宫的职分是"卷帘大将"，那是玉皇大帝身边的亲信侍从。"卷帘大将"这个名目不是作者胡诌出来的，据专家研究，古代宫廷中确有这一类官职。五代时王昭远就因受到后蜀国主孟昶的"亲狎"，被任为"卷帘使"（见《新五代史》卷六十四）；明太祖朱元璋的登基大典上，亦设有"卷帘将军二人"（见《明史·志》卷二十九）。想必天宫里也有这种官职。卷帘大将管不了多少事务，却不能说不重要，因为他以一种端庄与恭谨的姿态体现着君主的"威仪"和脸面。而沙僧犯事的地点又是在王母娘娘的蟠桃会上，那是佛老、菩萨及四方仙翁、尊神云集的盛大宴会，是特别做脸的场合，沙僧却走神把个玻璃盏打碎了！这不丢了玉皇大帝一家的脸面吗？难怪那老儿要恼羞成怒，教他永世不得好过。

唐僧三名徒儿，俱曾任职于天宫，因犯下罪过而受罚。孙猴子是两回大闹天宫，搅得神佛的世界昏天黑地，算得轰轰烈烈。他虽然最终失败了，压在五行山下几百年，可从不引以为耻，动辄在各路妖精面前搬出来炫耀，倒像是对革命有过多大贡献似的。八戒是调戏嫦娥，说出来不如猴子的经历那么荣耀，却也不是见不得人。男儿好色，有词曰"风流"，纵使上不得正经台盘，私下里多少暗合人意吧？况且那是嫦娥呀！可沙僧算怎么回事呢？难不成教他雄赳赳气昂昂，手拍胸脯喝一声"想当初，俺打碎玻璃盏"？好汉都不提当年勇，况且是那么尴尬的事，藏着嘴脸，少说话吧。

还有一个原因。沙僧做妖精之后以吃人为生，似乎是破坛子破摔，也曾有几分凶煞之气。你看他耍玩的物件，乃是用索子串了九个骷髅，好不吓人！近些年也有时尚女子用骷髅图案做装饰扮酷的，那叫臭美，沙僧绝非如此，他要的是威风。可是这一串骷髅中，有两个是唐僧的！唐僧的前世就曾两度取经，过流沙河被沙僧给吃了。虽然这可以解说为命数，唐僧必须十世修行才能得正果，然而你一定要他为此而欢欣鼓舞，见着曾吃过自己的妖精感恩戴德，也不合情理吧？至少没那么大把握。

再说取经的小群体，唐僧固执爱唠叨，孙悟空到处逗英雄，猪八戒特多小心眼，谁也不是好惹的。沙僧往事不堪，又没有多大本事，自然是老实为上。谁的建议他都附和，起了争执他一旁听着，多干活少卖嘴总是不错。扬雄《解嘲》有云："默默者存。"意思说沉默是保全自己的最好方法，沙僧未必读过此文，但道理他是懂的。

不过沙僧也有坚持己见的时候，那就是反对半途散伙。第四十回写唐僧被红孩儿捉走，悟空和八戒都说此时就该散了，沙僧却苦苦相劝，要他们无论如何坚持下去。他认为自己"前生有罪"，唯一的解脱与再生之路就是听观世音的指点保护唐僧求经，以求"将功折罪"；取经成功，他的羞耻与苦恼也就洗刷干净了。最终沙僧得封"金身罗汉"，等级虽不高，但形象确实很有光彩，够得上堂皇的。

要说打碎个玻璃盏是什么大罪，真也算不上。糟糕的是沙僧在华贵的宴会上当众出丑，让玉帝也让自己丢脸了。人孰无过？若是私下的事情，总有蒙混过去的法子。万一，你像沙僧一样在大庭广众之下丢了脸面,那就中气不足,再不能扯着喉咙大言不惭了。沉默吧,在很长的路上,挑着你的担子。

唐僧有啥了不起

据唐僧返回长安后向唐太宗汇报,他与徒儿们往西天取经的路程总共是十万八千里,所费的时间是"一十四遍寒暑"。那个距离若是任由孙悟空走一遭,也就是一个筋斗罢了;八戒、沙僧本领差些,但在云头上爬着,个把月应该够了吧?就连白马,原本也不是苦苦地跋涉于山川的角色。然而他们都得陪着唐僧这凡胎肉身的和尚,一步步在地面上挪动。而路途中无限的险恶,都是因唐僧而起,好像并无一个妖精是特意为了宰猴杀猪而大动干戈的。唐僧有啥了不起,非他取不成经,而别人只能围着他转?

这里面自有重要的缘由。取经完毕,如来曾

当面为唐僧点明："汝前世原是我之二徒，名唤金蝉子。因为汝不听说法，轻慢我之大教，故贬汝之真灵，转生东土。今喜皈依，秉我迦持，又乘吾教，取去真经，甚有功果，加升大职正果，汝为旃檀功德佛。"说起来如来命观音去东土寻觅取经人，是为了将东土之人从愚痴贪妄中解救出来，但从全部故事的进展过程来看，还不如说真正的目的乃是为唐僧设计一条经历九九八十一难而修成正果、回归师门的道路。既然取经之本义如此，当然非唐僧不可了。最终的结果也可以证明上说不错：唐僧一路哭哭啼啼之后终于成佛，而东土之人至今愚痴贪妄，未见有何长进。

当然，唐僧也有他自己的努力。论擒妖驱魔、化斋讨饭，他是一概不能，但有一项成就，却是无人能比，那就是十世修身，一点元阳未泄。这个"元阳"重要到什么程度呢？最简单地说，它是取经路上所有斗争的焦点。雄性的妖魔指望吃到唐僧肉以求长生不老，而此肉躯之所以珍贵就是因为经历了十世未泄元阳的修行；女妖们则希图直接获取它，以求一步登仙。但能否保有这宝贝玩意儿是取经事业成败的关键，千万丢失不得的。第五十四回说到女儿国国主爱上了唐僧，悟空教他假意答允，以便骗取签证而后脱身，唐僧却不肯，因为"但恐女主招我进去，要行夫妇之礼，我怎肯丧元阳，败坏了佛家德行；走真精，坠落了本教人身"。下面一回，说到敌毒山琵琶洞的女妖将唐僧摄了去，欲"耍风月去来"，而孙悟空要起程搭救师父之前，却先做了一个假设："倘若（师父）被他哄了，丧了元阳，真个亏了德行，却就大家散火。"总之，唐僧的元阳以及它所代表的和尚的贞操，构成了取经事业是否值得继续下去的首要前提。

深入推究起来，佛教的教义中本来并无十分严厉的禁欲主张，道行高深的大师们在这方面更是常常抱一种超越的态度。譬如鸠摩罗什就曾三次娶妻，据说前两次出于被迫，第三次却是他自己要求的（见《高僧传》及《晋书》）。再说"元阳"这个概念，纯是出于道教，与佛家无缘。而道教之所以重视守护元阳，也不是要求禁欲，而是为了修炼内丹。《道藏》所收托名吕洞宾的论著，就提出要以身为炉，精液做药，顺阴阳天道，"长存其自身之元阳真一太和纯粹之气，则坐致长生矣"。《西游记》的世界是一个道教与佛教相混杂的世界，唐僧沾染了一些道士气息也不足为怪，但为什么对"元阳"固执到如此程度，却多少令人诧异。也许他要以此来证明自己对俗世的彻底绝念，以不可能的贞操向天国发出强悍的呼吁。不过，另一种可能也是存在的：作为被贬往凡界的金蝉子的后身，唐僧显然已经失去了过去拥有过的一切神通，变得一无所能。而一无所能的人如果还想要显示自己的伟大，就只好求助于超凡的德行。十世之身，不娶妻不包二奶也不失陷于烟花巷陌，除了唐僧还有人做到过吗？取经路上，他动辄训斥天不怕地不怕的孙猴子，又让好歹做过天蓬元帅的猪八戒给他提尿壶（这是八戒自己说的），就凭他是师父吗？毫无疑问这也是道德上的居高临下。

　　人是很奇怪的东西，虽然有些德行其实并无用处，也跟自己无关，只因它超常稀罕，便油然而生敬畏之心。你看孙悟空的意思，就是说只要唐僧与女妖耍了风月，失了元阳，取经固不必谈起，这师父也就什么都不是了。

为什么是猪

唐僧取经故事经过很多年的演化,最后形成《西游记》。在早期的故事里,如宋代就有的《大唐三藏取经诗话》(现存刻本为宋或元争议未定)中,取经队伍只有唐僧与孙行者,另加一匹马。甘肃榆林西夏时代的石窟壁画所绘取经图,亦是如此组合。猪八戒和沙僧是后来加入故事中的。沙僧犹可,八戒岂可小觑!正是因为有了他,漫长而郁闷的取经岁月才充满了智愚难分、爱恨交加的无穷尽的争执,显出鲜活红火的气象,正可谓:一头猪,救活一本书。

为了跟猴的形象相配合,新成员应该具有动物特征,这是可以理解的。但为什么是猪呢?其实在中国的志怪故事传统里，猪本来不是活跃的角色。偶有所见，如唐人牛僧孺《玄怪录》中的《乌将军记》，写一公猪好色，被郭元振所杀，但那是野猪。从元人杨景贤杂剧《西游记》来看，八戒的原始形象也是野猪，是摩利支菩萨的坐骑。但小说《西游记》中出现的八戒，给人的感觉却更具有家猪的特点。这也可以算是文学史的演变。

家猪历来很难进入文学世界，因为它跟人的日常生活太亲近了。"家"字从"宀"从"豕"，关于先人造字之由，解说有二：一是认为古人所居，常是下层养猪，上层住人（至今西南一带尚可见到），字象其形；一是认为猪是一个家庭最基本的财富，有了独立的家庭才可能养猪。所以有猪才有家。后一种解说比较好玩吧。你想，小夫妻成家立业，养起几头猪来，猪的渐渐肥硕就是希望在成长；到了冬天要过年了，猪被宰时嗷嗷的叫唤声简直就是幸福降临的祝词。猪是极其可爱也是极其现实的，人们对它太熟悉，以至于无法赋予它任何浪漫色彩。反过来说，猪也就代表了人类生活中最世俗、最平凡、最贪图眼前享乐的一面。

因此我们应该不难理解：当猪八戒转了一个"天蓬元帅"的弯子，以大言不惭、生气勃勃的"夯货"形象登上《西游记》的舞台时，代表了中国文学多么伟大的进步！取经的师徒四人，孙悟空可以算是游戏主义者，在他眼里，人生之意义就在于自由地玩耍。所以取经虽然也是被迫，但降妖擒魔也不妨视为好玩的游戏：正因此，只要妖怪肯叫他"外公"，他也不为难人家。唐僧则是一个近乎执迷不悟的理想主义者，他代表了具有终极追求的崇高思想境界，在困难情况下坚持抵抗女妖精的那份定力尤其不容易。但站在猪八戒的立场上看，这全然是荒诞的——去甚西天取甚经！在家伴着老婆（他老婆名叫翠兰儿），劳动致富奔小康才是正经。及至走在了取经路上，则眼前可得之物，无论好吃的，还是同仙子或女妖精"耍子耍子"，他都不愿轻易放过，不能把希望寄托在明天。这用哲学语言来描述，就是"生活在当下"。

所以在取经队伍里，最深刻的冲突乃是发生在猪八戒和唐僧之间，因为作为现实主义和享乐主义者，他对由唐僧发起的取经事业根本上是否定的。要说八戒的理论完全错了，却也不见得。东土大唐之人，真的非要他这么个和尚老儿跑到西方去弄部什么劳什子经来才能得救吗？倘使连佛祖都赞同其门徒勒索取经人的钱财，走几万里路得来的经，难道真会有什么用处吗？当然不是说要把猪八戒评为英雄、模范。他号为"八戒"，却一戒不戒，除食色二事，念想无多，岂是我辈所愿意效仿的。但八戒手持钉耙站在了文学的舞台上，不怕嘲笑，为人类庸俗、平凡的品性和对现实享乐的渴望辩护，难道不是重要的贡献吗？你只要想到八戒之后有西门庆、西门庆之后有贾宝玉，你就不会忽视他的意义。最后，既说及师徒四人，不该丢了沙僧。他是一个"无主义主义者"，无论师父，还是大师兄、二师兄，大凡谁说在前面谁就是对的，谁一定要反对也是对的。这也是一种很好的主义。

神佛世界

《西游记》的故事涉及的范围极其广大，天上地下，无处不到，无奇不有。这不是任何俗世君主的权限所能及。而以中国人的心理，世界不能够没有秩序，秩序的成立离不开政治权力，而政治权力必须有一个核心，于是在《西游记》中出现了一个放大了的国家组织，一个由道教和佛教人物联合组成的权力世界。

在这个神佛世界中，道教的神权系统组成了一个"天庭"机构，掌握着整个世界的日常管理工作。像凡界的皇帝一样，玉皇大帝高居于神仙世界的统治宝座，他的身边有文臣武将，左辅右弼，有规模庞大的军事组织。他的内宫有王母娘娘，娘娘率领诸多宫女，提供有滋有味的幸福生活。在这个天庭的统治下，地下有地府，地上有土地，山中有山神，海里有龙宫。就连孙悟空领导过的一个小小的御马监，也有"监丞、监副、典簿、力士、大小官员人等"，机构齐全，分工明确。这个神权系统显然是人间权力组织的翻版。

说起"玉皇大帝"，其实在道教的神谱中本来的地位很有限。道教的最高神原来是太上老君，他是道教徒将老子神化而形成的，后来因佛教有三世佛（过去、现在、未来），道教徒觉得一个太上老君不够热闹，又提出"一气化三清"之说，即以玉清元始天尊、上清灵宝天尊、太清道德天尊为道教的三位最高尊神。在严格的道教徒看来，奉太上老君或作为其化身的"三清"为无世不存之至尊天神，乃是不可动摇的根本信条。至于玉皇大帝，据道教典籍《高上玉皇本行集经》（简称《玉皇经》）记载，他是由严妙乐国的净德国王的王子修行而成神的，其职分是"四御"（四位大帝）之一，为太上老君或"三清"的下属，也就是现在说的部门高管。以"帝"为部门高管的名称，本意是为了映衬太上老君或三清的至高无上，然而在民间的理解中，高于"帝"的权位不可能存在，所以民间道教信仰自然而然地把玉皇大帝抬升到最尊贵的神位上。结果在《西游记》中，太上老君成了一个干瘪可笑的老头，见了玉皇大帝，他要口称"陛下"，还要向上"朝礼"；他的主要工作则是为玉皇大帝炼制九转金丹，"伺候陛下做丹元大会"。欲神之，反辱之，可见"帝"不可轻贬！至于玉皇大帝并无多大神通，论者以为是一种讽刺，其实未必然。因为人间的皇帝首先是权力的象征，他只要做出裁断，不需要有做具体工作的本事。明武宗自以为能打仗，反而遭人嘲笑。天上亦应如此。

佛教是出世的宗教，照理不应卷入权力政治。但在中国人的心目中，自外于国家权力组织的力量是可疑的，任何教团都有为国家服务的义务。而《西游记》本源于佛教徒的取经事迹，作者对佛教的敬重也似乎高于道教，所以佛祖、菩萨们也就成了维护"天庭"统治的特殊力量。他们受到玉皇大帝的敬重和礼遇，平时并不过问天庭的行政事务，但真正出了大乱子，却只有他们出面才能解决。如来有"无量法力"，一巴掌就打翻了骄傲狂悖的孙猴子，一张写着"唵嘛呢叭咪吽"（明代有人戏释此六字的意思为"俺那里把你哄"）的小纸片压了孙猴子五百年，但如来听得玉皇宣召，也"不敢违悖"，自称"老僧承大天尊宣命来此"。这表明所有在既存秩序中获得利益的人都有维护这一秩序的责任，无论其身份多么尊贵。

《西游记》的神佛世界有一点不易理解之处：那里的成员一旦脱离了原来的组织关系下降至凡世，大多喜欢吃人。天蓬元帅变成了猪八戒，便"占了山场，吃人度日"；卷帘大将贬至流沙河，"三二日间，出波涛寻一个行人食用"；观音跨的金毛犼逃到下界朱紫国自称"赛太岁"，威吓国王要将"满城黎民，尽皆吃绝"；文殊、普贤二菩萨的坐骑青狮、白象在下界与大鹏怪结伙，更是"吃尽了阎浮世上人"。若说后者本非神佛，乃是"孽畜"，然既有灵性，何以不能近朱而赤？由此看来，神佛世界虽然成天不干活开各种法会讨论着无比高深的道理，其实际效果却是极差。

小妖的逻辑

从前看革命战争电影，觉得属于"坏人"那一边的小兵们着实可怜。通常，"好人"死的过程比较复杂，有时身中一弹又一弹，还要坚持着做一连串感人的动作，说许多豪言壮语。坏人的小兵们则是如割草般成片地倒下去，顶多"啊"那么一声。死生亦大矣，却不容他们发表一点感想。《西游记》里面的小妖也是类似的身份吧，不过由于小说的作者追求好玩有趣，却给了他们不少表演的机会。可笑可怜总是难免的，但好歹显露一下自己的性情，也算是到世上走一遭。

小妖嘛，本领有限，大多连个名号都没有，但他们常常是活泼而伶俐的。第二十八回一小妖报告他对唐僧的印象："嫩刮刮的一身肉，细娇娇的一张皮，且（实在）是个好和尚！"语言非常生动，像是描述什么可口的水果，令人感觉到嘴馋。又像第八十六回另一位小妖报告他对猪八戒的认识："大王莫怕他！这是个猪八戒，没甚本事，不敢无理。他若无理，开了门，拿他进来凑蒸。"虽不过是个小妖，话却说得十分豪气。我们可以注意到：天庭中没有谁是这样说话的，大家都很注意礼数与身份。从这里可以认识妖魔世界的一种特点，就是散漫自由，讲究很少，纪律不严。已经做了妖怪，何必还要装腔作势呢？这给小妖带来的好处，是性情少受约束，说话比较随便，于是就多了几分可爱。

不过，小妖大抵是山野里的动物修炼成精而为时未久的，加上妖魔的生活显然比较单纯，所以他们人生经验有限，在聪明伶俐的同时又常常显得戆头戆脑。像第七十四回中的小妖小钻风，对着一个假冒的"总钻风"毕恭毕敬，嘴里"长官"长"长官"短叫个不停，一看就是禀性天真之人。第三十三回写到"精细鬼"和"伶俐虫"

两位小妖，受金角、银角两位大王的支派用紫金红葫芦和羊脂玉净瓶去装孙悟空，却被孙悟空用了一个"装天的葫芦"骗了去。而且没多说几句话，他们就把使用宝物的咒语"太上老君急急如律令奉敕"交代得一清二楚。小妖其实并不笨，对于利害的计较是很清楚的：他们所携带的宝贝说是能装一千多人，而孙悟空的宝贝号称能装天，试验下来又确有效果，那为什么不换呢？"妙啊！妙啊！这样好宝贝，若不换啊，诚为不是养家的儿子！"他们的念头十分朴实和诚恳。至于没事干把天装在葫芦里干什么，那是没法问的。

妖魔有妖魔的生活逻辑，本不应该用人的是非规则去衡量。但竟也有个别小妖具备人的是非眼光。第七十回出来的小妖名为"有来有去"，他奉命去朱紫国下战书，一路上嘀嘀咕咕，说的是："我家大王忒也心毒……那国王不战则可，战必不利。我大王使烟火飞沙，那国王君臣百姓等，莫想一个得活。那时我等占了他的城池，大王称帝，我等称臣，虽然也有个大小官爵，只是天理难容也！"这小妖可不是很有人道主义精神？连那行者听了，也暗喜道："妖精也有存心好的，似他后边这两句话说天理难容，却不是个好的？"他见了孙悟空变成的小道童打探"送的是什么公文"，"就像认得他的一般，住了锣槌，笑嘻嘻地还礼道：'我大王差我到朱紫国下战书的'"。大概是因为悟空所变的道童模样十分可爱，小妖见了心里喜欢，所以毫不提防。这表明有来有去的性格是善良的。可叹悟空杀性太重，金箍棒打得他脑浆迸流。

《西游记》里的大魔头最后被打死的为数甚少，大概不到一半吧。小妖的运气则要坏得多。他们若是撞在孙悟空一伙手里，不问好歹，俱是一命呜呼。就算前面躲过了，到了魔头被杀或被擒之后，孙悟空还是要带领八戒他们彻底剿灭残余的群妖。八戒的钉耙一般情况下用处不大，这时正好大逞威风。看来做妖怪也是要做到大魔头才好，做太小命就不值钱了。

小妖若有名字，那大抵是随手拈来。而在他们的名字里，又每每隐藏了宿命意味的暗示。"有来有去"一出场就回不去了，"精细鬼"和"伶俐虫"是被孙悟空蒙骗得最厉害的两位。当然也有说不清楚的。第六十二回出来的一对小妖，鲇鱼精，黑鱼怪，取名为"奔波儿灞"和"灞波儿奔"。这种奇怪的名字不知从哪里来的，倒像是外语的音译。或许那是从外国游来的鲇鱼和黑鱼吧。

有人事则通

《西游记》的故事上天入地。而无论天上地下，都是一要讲法则讲规矩，二要讲"人事"——关系和交情，不能单由一方面的因素起作用。这表达了中国人对整个世界的看法，叫作"世界观"也行。

规矩和法则很重要，没有这些东西世界就会失去秩序，无法正常运转了。它在《西游记》里有时显示出不可想象的苛刻和严厉，譬如第九回写到玉皇大帝命泾河老龙行雨，规定当日"辰时布云，巳时发雷，午时下雨，未时雨足，共得水三尺三寸零四十八点"。漫天雨水啊，要控制到一点一滴，这是何等的严格！而龙王就是因为跟人赌气，"改了时辰，克了点数"，竟被押在那剐龙台，割下个血淋淋的龙头。天条森严，丝毫不可触犯啊！

如果整个世界都是严格地处于法则的控制下，是不是就很好了呢？不行的，人们会觉得这个世界太没有人情味了，太死板而缺乏诗意，所以要讲"人事"。有人事，世界就活络而灵动，出现难以推测、不可思议的奇妙景象。

还是老龙行雨得祸的事情：有人告诉他，天庭预定的行刑人是魏徵，他同时又在唐太宗手下兼个宰相的差事，若是到太宗处"讨他个人情，方保无事"。看起来少下几点雨是要杀头的，但执行死刑的官员放走犯人倒也不是很大的问题。律法的运用之妙，哪是死板的学者梦想得到的呢？更奇妙的是，唐太宗去了地狱，本来"阳寿天禄"已尽，但因为携有魏徵写给地狱判官崔珏的请托信函，而崔判官念这位老友在阳世"早晚看顾臣的子孙"，毫不为难，只在生死簿上轻轻添上两笔，就让他转死为生，多做了二十年的皇帝。死生亦大矣，而决定生死的簿册，却是主管官员可以依据私情任意涂改的。晋人郤诜说到官场的规则，乃是"有人事则通，无人事则塞"（《晋书》

卷五十二），这在地狱里同样行得通。

若说在《西游记》的世界里，地狱只是个小衙门，无妨再到天国去看看。那取经之事，乃是佛祖如来因哀怜东土之人贪痴愚妄而设定的计划，由观音菩萨安排落实，唐僧师徒四人历尽千辛万苦，终于完成任务。何其神圣的事业，多么伟大的行动！到了西天，见了如来，大功告成，皆大欢喜了吧？却被如来最亲切的弟子阿傩、伽叶用轻轻巧巧的一句话挡住了："圣僧东土到此，有些甚么人事送我们？快拿出来，好传经给你。"唐僧没有想到伟大的取经事业最后以如此庸俗的方式收尾，遂以"弟子玄奘，来路迢遥，不曾备得"为推托，悟空则以为既然是如来要咱们取经，岂能又节外生枝，便大声威胁要告到如来面前，"教他自家来把经与老孙也"。但这些都不管用，终了还是由唐僧交出了他的吃饭家什紫金盂，才算把事情摆平了。

阿傩、伽叶提到"人事"两字，如果简单地理解为索贿，尚不能尽其微妙。"人事"者，人情也，这么珍贵的经文，虽然是你该得的，但从我手里拿出去，感情上总要有所表示吧？不是我贪你东西，倘若不能"意思意思"，那岂不太不够"意思"了！现在有些官员把自己受贿的原因解释为在"人情"上无法推托，甚至推托了对工作都会有所不利，这在现代法律上不具任何意义，但以人情世故而言，却总还构成一种说法。

进一步说，有人认为《西游记》中这一类"有人事则通"的故事情节，乃是作者对所处现实政治环境的尖锐讽刺，我看也未必尽然——恐怕只是现实的幻化图景罢了，作者未必觉得那有多么大的不合理。世界上很多事情，开始是不合理的，久而久之，人人如此，大家都习惯了，就变成合理的了。"理"也要顺乎人情嘛。

开头就说了，规矩和法则也很重要，不能由"人事"决定一切。但这两者不是相互矛盾、彼此冲突的吗，怎么能相安无事呢？这里的奥妙就不是我说得清楚的了。有人说中国是"诗的国度"，这也体现在社会生活、政治生活里，而诗无定法，存乎一心。从前咱们有过擅诗的伟人，其政治艺术用诗歌评语来形容，正是——"不著一字，尽得风流"。

猪八戒买棺材

往西天取经路上,猪八戒的意志总是很不坚定,不仅贪吃躲懒,容易受女妖精的诱惑,而且一遇挫折,就忙着散伙,想着"仍回高老庄做女婿"。但关于散伙,猪八戒有一项善后的安排,一般读《西游记》的人恐怕不甚留意,那就是"把白马卖了,给师父买口棺木送终"。我大概翻检一遍,这话头在全书中至少出现了四次,是在第三十二回、五十七回、七十五回、八十一回,可算是贯穿始终,绝非一时之念。

猪八戒买棺材的念头或者说计划大可玩味,不应随便疏忽过去的。首先我们看到八戒也是有头脑的人,散伙并非一哄而散,作鸟兽散,而是有个安顿，有个计较。更重要的是我们要看到八戒的孝心。"一日为师，终身为父"，乃是传统美德，虽然这师父令人感到麻烦，孝道仍不可缺少。连口棺材都不曾给师父买下，便回高老庄陪那翠兰媳妇儿耍子去也，八戒岂能安心？便是做猪，也不可这般没得良心的。

但八戒再三再四地要给师父买棺材，也未必全是孝心的作用，细读书中文字可以体会出来。大致而言，八戒提起买棺材的话头有几种情况。一是他以为师父已经死了，如第五十七回唐僧被假行者六耳猕猴打了一棒，昏厥过去，八戒以为他没命了，赶紧张罗棺材。这虽然有点性急，却也算顺理成章。还有一种情况是大师兄出了问题了。如第三十二回过平顶山，悟空为了让八戒打头阵，"弄个虚头"揉出些泪水来，好去骗唐僧支派八戒出阵，而八戒见猴头都已胆怯，自己是"软弱之人"，还能干什么，便对沙僧大叫："分了罢！你往流沙河还做妖怪，老猪往高老庄上盼盼浑家。把白马卖了，买口棺木，与师父送老，大家散火，还往西天去哩？"再有第七十五回孙悟空被老魔一口吞进肚去，没了大师兄取经肯定是取不成了，只有散伙，买棺材结账。但此种情形下，唐僧还好好在那里，为甚不说"师父仍回长安做和尚"而急忙要给他买棺材？可见在八戒心里（学术性强一点，也许是在潜意识里），师父最合适的去处乃是进棺材。

若说我恶意编派八戒，第八十一回之事更是明证。那时唐僧发烧躺倒，也不是大病，却无端伤感，要写遗书寄送长安，遭到悟空的嘲笑，说他无事自苦，一旁八戒却着急起来，上前道："师兄，师父说不好，你只管说好！十分不尴尬。我们趁早商量，先卖了马，典了行囊，买棺木送终散火。"你看，师兄偏要说好，"十分不尴尬"！

八戒的念头当然有他的道理。唐僧的取经队伍，除他本人，三个徒儿均是出于无奈，而以八戒为甚。他和参加取经队伍之前被压在五行山下的孙悟空不同：他已经在高老庄娶了媳妇，劳动致富，过上了小康生活。尽管翠兰对他不甚满意，但天下做老婆的有几个对老公十分满意？慢慢厮磨，总有好起来的一日。当初八戒答应观音菩萨给唐僧做随从，那是在栈云洞，卵二姐已死，他孤身一人，后来的情形大不相同。再说取经路上的辛苦遭罪，也是八戒未曾料到的。第三十七回写到唐僧半夜做了个怪梦，惊醒过来，连忙叫："徒弟！徒弟！"八戒醒来大发牢骚："甚么土地土地？当时我做好汉，专一吃人度日，受用腥膻，其实快活！偏你出家，教我们保护你跑路！原说只做和尚，如今拿做奴才，日间挑包袱牵马，夜间提尿瓶务脚！这早晚不睡，又叫徒弟作甚？"他对取经生活实已厌烦至极，以至觉得还不如做妖怪，"专一吃人度日"。

当然，这里面牵涉到对取经事业的不同理解。唐僧取经，一为救度世人，一为效忠太宗皇帝，保其"江山永固"。但前者八戒不能够懂也未必相信，后者更与他风马牛不相及——那又不是他的江山！所以八戒虽然有时也夸唐僧是个"好和尚"，但根本上却认为他是个悖谬的家伙。人在生活中，要是遇上了你不能不尊重、不能不服从，而又悖谬不近情理之人，恐怕也只能是盘算着给他买棺材，期待能早一日化悲痛为力量。我们虽然未必赞同猪八戒，但他的想法是符合生活逻辑的。

猪八戒"倒踏门"

"倒踏门"现在说成"倒插门",也就是赘婿。这种身份在古代社会地位很低,因为不具有财产的支配权,人格上也就带着依附性,对男子而言是有失尊严的。当然也有好处,就是有一份现成的家当。八戒是彻底的现实主义者、唯物主义者,讲究实惠,没有那么多虚荣心,所以在《西游记》里他成了倒踏门专业户。

第一回是跟女妖精卵二姐结合,这时大概距八戒被撵天宫而成为山林中孤独的猪妖不久。卵二姐是有家业的妖精,有个洞府,名为"云栈洞"。她同八戒结婚不到一年就过世了,家业就留给了八戒。老婆死了,八戒是不是伤心,他没有说。也许像歌词所唱的,"伤心总是难免的",但伤心也总是会过去的。你看八戒在第一次遇到观音菩萨时数说自己的身世,说到卵二姐一死,"将一洞的家当尽归我受用",听那语气,是不是挺满意的?有的女同胞一生病就想到死,放心不下老公,拉着老公的手情意绵绵地叮嘱:"我死了,你要好好过。"其实不用担心,他自己就会好好过的,八戒就是例子。

已成鳏夫的老猪答应观音菩萨参加取经队伍,那就该安心地等着呗!读点书长点学问不好吗?可是不行。八戒做妖怪的福陵山云栈洞在乌斯藏。"乌斯藏"是明代对藏族人居住地区的一种通称,地域很广大。从取经路线来看,福陵山有比较大的可能是在甘肃与青海交界的某个地方。唐僧出长安来到这里,有得走呢,于是八戒抽个空,又混到附近的高老庄,骗娶高翠兰,再当了一回倒踏门女婿。

八戒的太太翠兰,是个娇气而小巧的女子。大约八戒本来只是想风流一把,后来竟对老婆生出怜香惜玉之意,滋生出"想要有个家"的心情。

高太公控诉猪八戒形迹败露之后,"把那翠兰小女关在后宅子里,一发半年也不曾见面",这正表明他看重翠兰,生怕丈人把她抢走。而且,八戒的天性本来是"贪闲爱懒"的,在高家庄他居然不怕吃苦,卖力劳作起来。据他自表功劳,他已经让老婆过上了幸福生活,"穿的锦,戴的金",什么都不缺。可见当挣下的财富可以归小家庭所有,特别是可以讨好老婆时,八戒也是愿意付出努力的。可惜孙悟空将他捉去当了和尚。

《西游记》第二十三回,写到取经事业的总策划观音菩萨决定设计考验唐僧师徒四人。考题是美色的诱惑,观音亲自出场,又请了普贤、文殊两位菩萨和黎山老母,组成极其强大的考官阵营。

那一天师徒四人走到菩萨们幻化的庄院,这边就有一母三女等着,号称有家资万贯,良田千顷,"意欲坐山招夫,四位恰好"。这是八戒第三次遇到做倒踏门女婿的机会,而条件之优越,是以前两次根本不能比的,所以他费尽心机把自己留下来。可怜老猪钻进了圈套。说是"撞天婚",蒙起眼睛,在厅堂里伸手去逮,逮着谁就拿她做老婆,结果却是"左也撞不着,右也撞不着","磕磕撞撞,跌得嘴肿头青",终了还被人用绳捆绑起来在大树上吊了一夜。幸亏八戒脸皮特结实,换别人恐怕活不下去了。

这里说说那些菩萨吧。那一家四口人,母亲应该是黎山老母扮的吧,三个女儿就是三个菩萨扮的了。菩萨在天上很无聊的,没有什么好玩的事,他们手下的仆人或者坐骑呀,烦闷至极,还能瞅个机会逃到凡间做妖怪,放松一下自己,菩萨这样的事也做不得。化装成漂亮的小姑娘,逗逗老猪,让他出丑,就算是快乐的游戏了吧!

在一部《西游记》中,八戒的一生经历可算是最丰富的:做过凡人,做过神仙,然后做妖精,又跟唐僧做和尚,最后在佛门得到一个叫作"净坛使者"的职务。人妖神佛占全了。可是猪八戒又是一个个性改变最少的角色,他永远只能按照俗人的方式生活。

这样的描述有什么寓意呢?或许你会联想到:人的世俗的品性,其实是最为根深蒂固的东西,人的环境、身份会有改变,看起来好像换了一个人，骨子里却没有多大的变化。只不过一般人都会按照周围环境的要求来修饰自己的面目，而八戒不乐意也没有耐心那样做罢了，他也许认为，俗人的生活方式最有趣最有味。

《西游记》的世界

中国古代的章回小说有一种"从头说起"的习惯,像《三国演义》一开头,是从"周末七国分争,并入于秦",一直说到"后来光武中兴,传至献帝,遂分为三国"。而追溯得更远的,则喜欢说"自从盘古开天地"如何如何。这是一种时间的定位,先把历史的大要排列出来,然后标明将要出现的人物与故事在历史中处于什么时段。与此相关联的是空间的定位。仍以《三国演义》为例,它开头说献帝时"巨鹿郡有兄弟三人,一名张角,一名张宝,一名张梁",图谋不轨,导致天下大乱,而后"引出涿县中一个英雄","姓刘,名备,字玄德",故事就正式展开了。不仅历史小说是这样，其他类型的小说如宋元话本，"三言二拍"，开头通常也是某朝、某地、某人。这种讲故事的方法，给人一种诚实可靠的感觉，好像要告诉你：俺这可不是瞎话。

在这种故事模式的背后，有一个潜在的世界观念。对中国的古人而言，世界是怎么一回事呢？从时间上说，它是从"盘古开天地"开始，历"三皇五帝"而下，进入一系列的朝代；从空间上说，天地、四方为"六合"（这等于说世界是一个由六个面包围起来的盒子），而大地的中央就是"中国"，它是世界的中心，文明的源头，也是一切故事发生的场所。"中国"的周边为"四夷"，它们宾服于中央王朝，并从中国得到文明的教化。四夷之外是不是还有些什么，人们就不太愿意深究了——弄清楚又有什么用呢？

但自从佛教传入中国以后，它提供了一种新的世界图式（顺带说一句，"世界"就是一个佛教语汇，中国人本来只说"天下"）。在佛经中，世界的中心是须弥山，围绕须弥山有四大部洲，即东胜神洲、西牛贺洲、北俱芦洲、南赡部洲。中国不仅不是世界的中心，就是在南赡部洲上，它也不是唯一的中心。按照佛教徒的一种解说，中国的南面有天竺（印度），西面有大秦（罗马），西北有月支，均各有王者，而互不相属。佛教里还有一种更为扩大的世界观念，就是一座须弥山在"三千大大世界"中，也不过是一粒微尘而已。这过于邈远，不细说也罢。至于时间意识，佛教的观念也与中国传统观念大相径庭。它以整个天地世界的一次成、毁为一"劫"，以为在我们这个世界之前，已经有过"无量劫"。总而言之，佛教的世界观，可以说是在时间和空间上穷尽了数字与想象的可能。

那么，《西游记》的世界是一个什么样的世界呢？它的中心线索是唐僧取经以救世，佛教观念在书中占据重要地位是理所当然的。所以小说主人公出现的时候，是以四大部洲为活动空间的。孙悟空从石头中崩裂出来，那个地方不仅不在中国，也不在中国所处的南赡部洲。书中云猴王出世，"这部书单表东胜神洲，海外有一国土，名曰傲来国，国近大海，海中有一座名山，唤为花果山"（第一回）。而唐僧的出场，则是在南赡部洲。其缘起，是佛祖如来镇压了孙悟空造反之后，念及"但那南赡部洲之人，贪淫乐祸，多杀多争"，欲以三藏真经，劝化东土之人（第八回），因而有观音入长安之行。

佛教将幻想与宗教理念混合在一起形成一种世界观念，它的意图并不在引导人认识真实世界；中国传统的世界观念在其有限范围内是老老实实的，但却是自我满足和自我闭塞的。像《西游记》这种驰骋想象、荒诞不经的神话故事，在中国传统的世界模式中找不到足够的空间，"六合"那个盒子，不仅对孙悟空来说真是太憋气了，就是形形色色的妖魔鬼怪，也不能够尽情地玩耍和为非作歹。所以作者需要更大的天地，而佛经中的悠远荒渺之说，就给他提供了一个依据。至于小说中到底有多少佛教思想，倒是另外一回事。

但《西游记》又是一部写给中国普通百姓读着玩的小说，鲁迅说它乃是"游戏"之作，原是不错，如果离中国百姓历来接受的文化知识太远，又会令人觉得隔膜，不亲切。所以小说开头讲到世界的时间与空间,又把佛教的模式和中国传统观念混作一气。所谓"感盘古开辟,三皇治世,五帝定伦,世界之间,遂分为四大部洲",就是这样一种结果。读起来有点滑稽是吗?但《西游记》作者本是胡思乱想,说得乱七八糟他也无所谓的。

西王母改嫁玉皇大帝

在《西游记》中，西王母是一个并不重要却很显眼的角色，因为她是玉皇大帝的老婆。民间对皇帝的私生活总是有很高的兴趣，因为这让人们能够从日常的凡俗的角度去窥视高不可测的人物。白居易的《长恨歌》那么流行，就同它的庸俗、投合民间的兴趣有关；玉皇大帝也有个老婆，大家当然是要关心的。

古书《山海经》最早写到西王母，那是一个可怕的家伙。"其状如人"，长着豹子的尾巴，老虎的牙齿，头发蓬乱，戴顶奇怪的帽子，喜欢锐声吼叫，其职能为掌管灾疫和刑罚，简直就是恐怖的瘟神。而且它的性别也不清楚。这个形象实在讨嫌，所以人们不断地对之加以改造。

在年代同样很早（大约出于战国）的《穆天子传》中，西王母已经变成一位温情的妇人，她在西方的瑶池宴请远道来访的周穆王，还吟唱了一首动人的歌曲："白云在天，山陵自出。道里悠远，山川间之。将子无死，尚能复来？"遥远的阻隔，漫长的等待，无尽的忧伤，读起来实在很像是情诗了。"今宵离别后，何日君再来"，不就是它的翻版吗？后来以多情著称的诗人李商隐还为此写了一首《瑶池》："瑶池阿母绮窗开，黄竹歌声动地哀。八骏日行三万里，穆王何事不重来？"

西王母再次出场，是在汉魏小说《武帝内传》和《武帝故事》中，"视之可年三十，修短得中，天姿掩蔼，容颜绝世"，乃是一位大美人。她从云间降临汉武帝宫中，赐给他一枚蟠桃，教他长生之术，并且在很多方面教育了这位多欲的凡间帝王。是不是穆天子令人绝望，西王母感情转移，那就不好说了。至少，一美貌妇人到处乱跑，显得很寂寞吧。

一个妇道人家，一会儿请人喝酒还唱歌，一

会儿东奔西走找人谈话，这令人感到不安，须让她身有所属，安分一点，所以在道教神话里，又为她定制了一名配偶，称为"东王公"，这名字一看就知道是专门用来和"西王母"配对的。西方于五行属金，故西王母又称"金母"，东方属木，故东王公又称"木公"。在道教神谱里面，凡男子登仙归木公管辖，女子登仙则归金母管辖，两人都有自己的工作。这大体是东汉后期形成的说法。

那么西王母怎么又成了玉皇大帝的"娘娘"了呢？

道教的神谱十分混乱。最初，道教的最高神是"太上老君"，他是哲学家老子的神化结果，也是代表世界本源的"道"的化身。后来，因为佛有过去、现在、未来三世之佛，道教的最高神只有一个，打起架来显得势单力薄，所以有"一气化三清"之说，分出元始天尊、灵宝天尊、道德天尊三名大神。

至于玉皇大帝，原本是道教神谱里面的晚辈，地位有限，排名大约在第十几位。后来又成为"四御"（三清尊神下属的四名总管）之一，身份提高了一些。但民间对这种繁复的神谱觉得不好理解，说老半天也说不清楚，而且难记，就按照人间的政治结构把它给简化了。玉皇大帝就成了天上的皇帝，至高无上，统辖万神，太上老君反而成了他的狗腿子，给他炼炼丹什么的，干一点闲活。

既然有了皇帝，就得有娘娘，否则玉皇大帝下班了干什么？谁来做娘娘？女神仙里面西王母资格最老，身份最尊，自然就是她了！

西王母没有出嫁之前，找人喝酒、唱歌、聊天，挺有情趣。嫁了东王公再改嫁玉皇大帝，就变得很无聊了。这跟人间一样，读小说到美女结婚，令人沮丧——除非她还偷情。

沙僧做卷帘大将时因失手打碎玻璃盏而受到极残酷的惩治，过与罚不相当，网上有朋友写游戏文章，猜疑他或许与王母娘娘有甚暧昧，玉皇借故出气。这虽然于史无证，却也言之有故吧？"卷帘大将"乃是皇帝的侍从，这类人物照例长得英武，又接近宫廷，而宫中贵妇寂寞无聊，容易同他们发生些浪漫故事。远的不说，那美若天仙的戴安娜王妃，不就是跟她的马术教练之类的人物有过许多纠缠吗？

为何孙悟空只做"外公"

读完《西游记》,我们对孙猴子喜欢做别人"外公"的习惯会有深刻的印象。没有仔细计算这话在全书中总共出现了多少次,大概总不下于三十次吧。譬如第二十一回中,"外公"就出现了三次。

举两个有趣的例子:第七十一回,孙悟空为朱紫国国王向赛太岁追讨被他掠走的王妃娘娘,那赛太岁是由观音菩萨的坐骑金毛犼变来的,读书不多,学问有限,听小妖报告孙悟空自称是"外公",以为"外"是什么稀罕的姓氏,出得门来,手持一柄宣花钺斧,厉声高叫道:"哪个是朱紫国来的外公?"把猴子乐得心花怒放。

再有第七十六回过狮驼山,悟空在老魔肚子

里翻江倒海，痛得魔头连喊："大慈大悲齐天大圣菩萨！"猴子嫌啰唆，告诉他叫"外公"就行。那妖魔惜命，真个"外公！外公！"连声不停，但求"饶了我命"。悟空心里欢喜，决定饶了他。而这一回做"外公"的代价是多倒了一次霉，把唐僧送进了蒸笼，只差一把火。

古今人心不同。现在的人大概不觉得"外公"是个好差事吧？除了掏红包，没见什么好处。那么孙悟空从这里获得了什么样的快乐呢？实有讨论的必要。

自称"外公"首先当然是抬高自己的身份。《西游记》开头部分悟空就提出了他对幸福生活的理解，谓之"称王称祖"。"称王"者，无非独占一方，悬"齐天大圣"的旗帜；"称祖"者，就是做人的"爷爷"或者"外公"了。古人判断身份高下的条件主要是两项：一为权力地位，一为辈分，"称王称祖"就把这两项给占全了，居高临下，风光无限。阿Q给人打了，常在嘴里嘀咕"儿子打老子"，原理其实是一样的。不同的是阿Q只有挨打的份，想象着要做别人的"老子"也没胆量大声说出来；悟空本事大，提着棒打人，还要宣称自己是"外公"——如果从对方嘴里叫出来，则更为满意。

还有一点，牵涉到孙悟空和妖精们的关系问题。悟空走在取经路上的时候，已经脱离黑道，走上正路了。但在妖精面前，总是会勾起他对往事的回想。作为天庭叛逆史上曾经不可一世的"妖猴"，眼前的妖精们真是一帮后生小子，对自己顶礼膜拜还差不多，竟敢舞刀弄枪拦路劫人？所以要告诉他们俺老孙是谁！"想我五百年前大闹天宫时，九天神将见了我，无一个'老'字，不敢称呼，你叫我声外公，哪里亏了你！"这是多么雄伟的语调，真是充满了革命老前辈的自豪。

再往下说，就深入到猴子的心理层面了。我们不难看出那猴子反反复复要做人的外公，带有自我夸大的味道，而凡是自我夸大的人总是在心理上存在某种压力，这几乎没有例外。在取经路上，猴子有什么心理问题？首先他已经不是"王"了，他是那个会念咒而傻乎乎的唐僧的徒弟；对他人用威严的腔调自称"外公"，其实是对这种不利地位的反抗，同时多少也给唐僧一点暗示。

再一个就是，猴子虽然本事大，却是其貌不扬，容易被敌手轻视（当初在花果山时七魔王结拜兄弟，牛王为老大，猴王为老幺，多少与此有关），所以自尊心过敏。第二十一回黄风大王对他的观感，乃是"可怜，可怜！我只道是怎么样扳翻不倒的好汉，原来是这般一个骷髅的病鬼"！难怪他总是要占住"外公"的位置，因为那里有一种心理满足。

或问：同样"称祖"，悟空为什么不做人家的"爷爷"而单挑个"外公"来做呢？这里面有点计较。其实悟空也曾自称"爷爷"来着，但那只是偶尔为之，不肯坚持到底。盖在古人看来，爷孙的关系，在血缘的意义上过于亲密，责任上也有太多的牵连。召聚一群猴子猴孙也还无妨，弄些杂色的妖精做孙子，心里恐怕不太舒坦。

"外孙"不同，先有个"外"字罩在前头。依古代律法，就是犯罪连坐，已嫁的女儿也牵连不到其父母，何况外公呢。同样是占便宜，这个便宜要轻松些。

红绿黑白说《西游》

二十世纪五六十年代在《西游记》研究方面有一种流行的观点,就是认为孙悟空的形象是"农民起义"的象征。你看他闯龙宫、扰地府、闹天庭,叫嚷"皇帝轮流做,明年到我家",对统治秩序造成了多么大的破坏!按照崇尚"造反有理"的时代精神,孙悟空差不多是一个革命英雄了。动画片《大闹天宫》能够拍得那么生气勃勃、大快人心,就是因为有着这样的精神支柱。这种革命化的阐释,可以称为"红色《西游》"吧。

但是孙悟空是有问题的。他造反失败,并没有高呼革命口号壮烈牺牲,而是乐颠颠地撅着个猴屁股跟随唐僧上西天取经去了,路上遇到麻烦,不是拜佛便是求神，完全和从前的敌人站在了一起。有人解释这是农民革命不彻底的表现。但回想孙悟空造反的过程，他显然从未提出过任何具有政治意义的口号。

水浒梁山还多少讲究"杀富济贫""替天行道"，算是有点社会意识，花果山上高扬的"齐天大圣"的旗帜，不过是抬高个人的表现。而正是因为缺乏政治主张和革命理想，孙悟空转向毫不困难，可见红色的阐释虽不为无效，终究有其局限。

因此有另一种解释产生：孙悟空其实是个江湖豪侠、绿林好汉。"儒以文乱法，侠以武犯禁"，韩非子对"侠"的原始定义，强调了这类人物依恃勇力蔑视一切约束、任意冲决法规禁令的行为特征。虽然"侠"也常与"义"相连，但他们对"义"的理解非常活泛，纵情任性，快意恩仇，才是豪侠最大的快乐。不仅悟空动辄掣出大棒要打折人孤拐，就连猪八戒在取经路上因为受苦遭累而发牢骚，也曾如此回忆往事："当时我做好汉，专一吃人度日，受用腥膻，其实快活。"活脱脱一副山大王嘴脸。

需要注意到孙悟空的"棍子意象"。他使用的是一根金光闪闪的大棒，乃"光棍"是也；他也从来不对异性发生兴趣，决不被家庭牵累，永远光棍一条。"赤条条来去无牵挂"，这是鲁智深对自己人生的写照，孙悟空与之英雄同调。要得如此，才能自由自在，"十步杀一人，千里不留行"（李白《侠客行》）。而八戒之不如悟空，不仅是武功高下的问题，他老是牵念老婆的炕头，损了多少豪侠意气！

说到"绿林"，与"黑社会"其实相去不远。在中国人的语言习惯里，色彩也是有价值高下的，"黑"的等级最低，比如坏人全叫"黑帮"。其实"黑社会"只是指秘密社会，它游离于正统的社会组织、权力机制之外，自成天地；"黑"和道德的高下并无直接关系。

在《西游记》中，神佛世界是正统和主流，妖魔世界则充满黑社会的气氛。那些妖魔占山为王，划地称霸，彼此称兄道弟，痛饮狂吃，虽然行为不端，却也有情有义。在追求爱情上，妖魔大胆泼辣、率真直露，尤胜于神佛。要说黑社会是破坏力量，它又有一种反奴役求自由的气质；从其反抗统治秩序的特征着眼，不能说没有"革命"意义——在这种情况下，"红"与"黑"难分难解。

但是，"黑"是非主流的存在，除非世界发生翻天覆地的变化，"黑"能颠倒为"白"，在黑社会里混一辈子总是不好，总要走个正道，那就要投向光明，进入"白"的世界，所以悟空头顶紧箍取经去了，遇到从前的同类乃至兄弟，抽出棒子就打。

都说黑白分明，黑道、白道，真的是截然分离的吗？完全不是如此。不仅悟空、八戒他们魔性不能尽除，他们一路所遇到的黑道妖魔，竟差不多有一半来自神佛世界！简单地说，凡是最后被打死的妖魔，都是没有来头的，完全属于黑社会；而从神佛那里下凡的妖魔，都有来头，有背景，而且门第越高，魔力越大，不是悟空一帮人对付得了的，并且无论干过什么，最终还是安然无恙。概括成一句话，可以说：在"白"社会里没有根底，别到"黑"社会瞎混！

《西游记》光怪陆离，诸色纷呈，红绿黑白，交杂难分。小时学到的知识，说是七色相融而成灰，那么人生最终是灰调？俺真是不知道。

散谈《金瓶梅》

《金瓶梅》作者之谜

《金瓶梅》的作者是谁？这引发了近三十年间中国古典文学研究领域内一场持续不衰的猜谜活动。参与的人有海内外专家学者、大学教授，也有众多业余爱好者，譬如绍兴的一位水利官员就在这上面花了好多年的气力。提出的答案有多少不容易计算清楚，大概是七十种左右吧。有没有逐渐趋同的可能呢？现在还看不出，所以新的答案还会不断提出，突破一百大关好像很有希望。

为什么有这么多的人关心这个谜？

首先当然是因为这部小说很重要。在《金瓶梅》之前，中国的长篇小说如《三国演义》《水浒传》《西游记》都是写非凡人物的非凡经历，而

《金瓶梅》则描写了一个普通商人家庭的日常生活，完全没有传奇色彩。它标志着中国小说向写实主义的转化，深刻地影响了后世如《醒世姻缘传》《红楼梦》等重要作品的出现。而且，在这以前，像上面提到的几部著名长篇小说都是在相当长的时间内以一种"滚雪球"的方式累积地形成的，不能强烈地体现作者的个性，而《金瓶梅》则是中国第一部完全由个人创作的长篇小说。再加这部小说文笔放肆，历来争议不休，于是有了"天下第一奇书"之目。

第二个原因，是《金瓶梅》虽然作者不明，但从它最初以抄本问世到刊刻成书，煽动了明中后期一大群最有名的文人，因而留下了许多蛛丝马迹，诱惑着人们去追寻。

万历二十四年（1596），所谓"公安派"的领袖袁宏道从著名书画家董其昌那里得到《金瓶梅》的半部抄本，立刻被它迷住，赞为"云霞满纸"，又性急地想知道"后段在何处"，他因此而留下的给董其昌的信，是关于《金瓶梅》的第一份文献。他的弟弟袁中道万历四十二年（1614）

作《游居柿录》，再次提到这本书，从中可以看出袁家兄弟已经将《金瓶梅》大致抄全了。

还有谁藏有这本书呢？以博学著称、中国最早研究海洋动物的屠本畯在《山林经济籍》中说，明代最重要的诗人之一、"后七子"的首脑王世贞家里藏有全本，可惜已经失散。他从医学巨擘王肯堂那里读过两卷，在名诗人王稚登那里读过另外两卷。

史学家沈德符在《万历野获编》中说，他从袁中道那里抄录了《金瓶梅》带回南方，冯梦龙这位伟大的通俗文学家、"三言"的编纂者看到了，激动地"怂恿书坊以重价购刻"。今所见《金瓶梅词话》的最早刊本刻行于万历四十五年（1617），应该就是冯梦龙推动的成果。

这个名单还没有写全，但通过以上罗列，能够看到《金瓶梅》对当日最优秀的文化人带来的冲击——它实在是很奇特。而格外值得强调的是：从小说内容来判断，《金瓶梅》应该在万历前期才完成。就是说，当众多名士为之惊喜不已时，作者应该还在世，他也许正带着诡谲的笑容看着这一切。

我们通过小说本身来了解作者，能够知道他熟悉中等以下的官场和商人阶层，自身的社会地位不会很高。当然，我们也清楚地感觉到他是稀见的天才，他以一种悲悯而又尖刻的眼光看着人世的一切，看着人们厚颜无耻而兴高采烈，忙忙碌碌而一无所获。他的文笔任意挥洒，漫不经心而令人震撼，他所描述的世界除了无望的溃败，别无其他。

现在的人们因为《金瓶梅》在写成不久就开始流传，而最早接触到它的又都是名流，所以总觉得从他们的点滴记述中有可能追查到作者的真实情形。但实际上，最初留下的关于他的材料，就已经是混乱和自相矛盾的猜测，从一开始，他就已经成为谜。

在《金瓶梅》的一篇序里只留下作者的化名："兰陵笑笑生"。但他究竟是谁，后人也许永远也无法知道。在一个荒诞的世界里，谁不是可笑之人？把自己深深地隐藏起来，只留下一个嘲笑的影子，也许是很好的决定。

儿子还得挣个文官

《金瓶梅》第四十九回写西门庆在家中招待蔡御史,奉召陪宿的妓女董娇儿于事毕之后跑到西门庆那里抱怨蔡御史打发的赏银少,西门庆嘲笑蔡御史:"文职的营生,他那里有大钱与你!"显示出作为富商相对于寒酸的文官的骄傲。而第五十七回的一处情节,又与此形成有趣的对照。那是他到李瓶儿房中看望尚在怀抱中的儿子,说起他的未来,西门庆感慨道:"儿,你长大来,还挣个文官,不要学你家老子,做个西班出身,虽有兴头,却没十分尊重。"这里他又对文官的地位,表现出衷心的羡慕和向往。这里是不是有点矛盾呢?

《金瓶梅》表面上是写宋代的故事,反映的却是明代社会的现实，因此很多问题需要和明代的历史变化联系起来，才能看得明白。

明代自朱元璋立国，曾一度奉行"崇本抑末"即重视农耕、抑制商贾的政策，有些规定简直是情绪化而荒诞可笑的，譬如农人可以穿绢纱，商贾只许穿布衣。但不管怎样，商人总是最为活跃的社会阶层，也是各级政府财税收入的重要依赖，他们必定要对社会产生越来越大的影响。到了明中叶以后，随着城市的繁荣和工商业的兴盛，商人的财富和官员的权力，共同成为社会中具有支配性的力量。从商人这边来说，钱多了，难免牛气冲天，像西门庆那样有时对寒酸的官员嗤之以鼻，也不算是很奇特的事情。

然而官员所拥有的权力来自以暴力为支撑的国家力量，在专制制度下，它终究不是任何其他力量能够匹敌的。商人可以运用金钱购买一部分权力为己所用，但他们仍然处在这种权力的控制之下，没有最后的安全。如果想要获得根本的改变，就必须使自己融入国家的政治体制之中，实现官商一体化。

达成官商一体化的最简单最直接的方法，是花钱买官。在《金瓶梅》的故事中，西门庆因为给权臣蔡太师奉献巨量财货，从他那里得到一个五品衔的"提刑副使"官职，而跻身官场。但这是小说的写法，显得比较粗糙。从明中叶以后实际的政治制度来看，商人是可以捐银得官的。但这种官职通常只是虚衔，表明一种进入国家政治体制的身份，并不掌握实际权力。西门庆感慨自己是"西班出身"即属于武职，而明代的体制中文官的地位高于武职，因而不能满足。但这仍然不是精确的表达。放在真实的社会背景下看，西门庆的情况，属于"捐官"虚职，所谓"虽有兴头，却没十分尊重"，应该是针对这种情况而发的。所以说，买官仍然有缺陷，不能达成严格意义上的官商一体化。

那么，如何能再进一步？这就需要商人家庭中有人通过科举这种正宗的出身登入仕途，成为"文官"即国家政治体制中的核心成员，以这样的身份以及相应的社会关系，来维护、扩展家族的商业利益。这才算真正实现了官商一体化。我们读明人传记,会看到很多家庭中,若有几个儿子,父亲会要求他们中有人从商,有人读书做官,在血缘纽带上将财富和政治权力紧密结合起来。而这样的家庭多了,彼此之间自然会相互庇护,于是又在全社会的层面上达成了官商一体化。西门庆生下个儿子,小名"官哥儿",既是对自己买官的纪念,更是对他未来的期望:"儿,你长大来,还挣个文官!"

官哥儿不幸没长大,被潘金莲害死了,西门庆不幸,也是受潘金莲之害,纵欲身亡,所以这个家庭未能成为官商一体化的典范。但我们不难借用明代史料来做进一步的说明。万历年间有位张四维,出身于山西盐商家族,富可敌国,其家庭成员的婚姻关系,若非巨贾,必是巨宦,他们构成了官商一体的庞大网络。四维遂父之愿,"挣个文官",入仕之后,凭借家族的财力,结纳权倾一朝的张居正和皇太后的老爸李伟,一帆风顺,最后官至内阁首辅(相当于宰相)。在此过程中,其家族的商业利益亦如趁潮之舟。曾经有位御史去山西巡察,说国家盐法之坏,由"势要横行,大商专利"所致。这就是官商一体化的必然结果。

张公吃酒李公醉

在《水浒传》里,西门庆很早就死了——他跟潘金莲偷欢,害死武大郎,被武松杀死在狮子楼。这算是恶有恶报、大快人心。但《金瓶梅》的作者看不起如此幼稚浅薄的故事:一个恶霸富豪占取了卖饼汉子的老婆,算得了什么事情呢?正义如此容易得到伸张,世界就不像个世界了!

于是《金瓶梅》从这里开始改写。在狮子楼上,多出个向西门庆报讯的皂隶李外传。当武松告官不应、自来寻仇时,机警的西门庆远远看见,赶紧跳窗逃走了。武松杀不了西门庆,力气无处用,提起李外传从酒楼窗中扔到当街;犹不解恨,又下得楼来往他兜裆踢上两脚,于是呜呼哀哉，断气身亡。众人以为他认错了人，告诉他此人不是西门庆。武松的回答十分滑稽："我问他，如何不说？我所以打他。原来不经打，就死了。"死原来是李外传的错：他不经打。小说于此感叹道："张公吃酒李公醉。"

当时武松的身份，乃是清河县的巡捕都头，相当于县公安局的刑警大队长。此前，他曾在景阳冈打虎，是为民除害的英雄，又曾为知县押送金银到京城贿赂上司，是老爷的亲信。或许，一怒之下打死个衙门的小差役，他也不觉得是太大的事情？但这案子审起来，因西门庆大把使钱，上下打点，方向就变了，成了武松醉酒寻衅，为细故斗殴杀人，西门庆的影子都不在案卷里出现。

县太爷定案，需要旁证，这当然没有多少难处；需要口供，也"朦胧取了供招"——这表明武松是认了罪的。你要是受《水浒传》的影响，难免会惊诧：武松这样的英雄，怎么可能报仇不成，还低头认罪？但这是《金瓶梅》，它不相信正义也不相信英雄。县太爷的信条，叫作"人是苦虫，不打不招"。这话稍加诠释，意思是：人遭罪受苦乃是本分，无所谓冤不冤，只要定了罪名用上刑，哪有不招认的？岂不知英雄难过苦刑关！

后面一番周折，写得更有意思。

案子提交到上级衙门东平府复审，而这东平府府尹陈文昭"极是个清廉的官"，他"天生正直，禀性贤明；常怀忠孝之心，每行仁慈之念"。这显然有了转机，给读者以极大的希望。果然，武松叫起冤来，府尹立刻明白了真相，当下把负责押送武松的司吏钱劳打了二十板，行文到清河县提取西门庆、潘金莲等一干人犯。青天在故事需要他的时候及时地出现了。

但青天也有他的难处。西门庆不敢打点陈文昭，星夜派家人去京城走杨提督的门路，提督又转央内阁蔡太师，关系找到中央去了。太师考虑的因素很多，不仅有杨提督的情面，还有清河李知县的"名节"。至于卖饼的武大郎，生也罢死也罢，不值得多说。于是连忙发信给陈府尹，让他不必节外生枝。而陈府尹本是蔡太师门生，"又见杨提督乃是朝廷面前说得话的官"，二人分量之重，足以压倒他的"正直"与"贤明"。认为清官就一定会"清"到底，在《金瓶梅》的作者看来，也是幼稚可笑的念头。官场本身已经污浊不堪，如果有那样的清官，早就混不下去了！

终了武松得以免死，问了个脊杖四十，脸上刺了两行金字，发配二千里充军。作为"清官"，陈文昭在人情和良心两方面都做了交代。

"武二充配孟州道，妻妾宴赏芙蓉亭"，这是《金瓶梅》第十回的回目，对比极其鲜明而生动。这以后，西门庆依旧做他的生意做他的官，安享富贵，寻花问柳，直到纵欲身亡。等得武松回过身来再度寻仇，只找到失去依靠的潘金莲和王婆。没有了西门庆，他手忙脚乱，对两个虽说有罪其实孤弱的女人又是断头又是剜腹，显得愚蠢而可笑。说到底，那也只是"张公吃酒李公醉"罢了。

王国维说，中国文学好说诗化的正义，"善人必令其终，而恶人必罹其罚"，以此给人以虚假的安慰。《金瓶梅》却是例外，它告诉人们：恶人只要足够强大，没有什么想象的正义可以惩罚他，死也只是他自己找死罢了。它倒是有许多"张公吃酒李公醉"式的荒诞,以一种精神上的压迫使人沉思。

西门庆的危机公关

《金瓶梅》第十七回说到西门庆勾搭上李瓶儿，正打算将她娶回家，忽然晴天一个霹雳：东京禁军提督（京城卫戍区司令）杨戬因防御辽国军事进攻不力受到弹劾，被逮捕查问了！

杨戬是西门庆亲家陈洪的亲家，也是西门庆还未曾攀上太师蔡京以前最重要的靠山，这消息令西门庆惊慌失措，急得像热锅上的蚂蚁。正在建造的花园、新房马上停下来，全家人不许外出走动，总之尽量不要引人注意。太太吴月娘宽慰他，"各人冤有头债有主"，这事到底跟咱们没有直接关系。西门庆恼道："你妇人都知道些甚么？"他心里明白：上层的权力斗争，拔起一个，必带起一堆；况且眼下女儿、女婿"两个孽障"带着大批财物躲进自己家里，周围怀恨在心的人不少，得了风声，告发起来，一旦"拔树寻根"，只怕身家不保！

坐以待毙当然不行。西门庆的办法，是一面屏息守静，少惹是非，一面叫来管家来保、来旺，面授机宜，让二人星夜赶往京城，设法打点，找到逃脱危险的机会。

来保是个精干之人。他到了东京之后，打听得大致情形，便赶往太师蔡京府邸前守候，恰好见到杨戬的亲随杨干进了蔡府。蔡京也是同时被弹劾的对象，虽然皇帝表示不必追究蔡京，但蔡、杨两家仍然需要互通声气，以便应对。来保明白这一点，等待一阵，便诈称自己也是杨戬府中的人，有事求见。献给门房的礼金是一两银子，再献给管家高安的礼金是十两银子，于是得到蔡京之子、礼部尚书蔡攸的接见。

蔡攸还以为杨家有什么补充的信息，这时来保一张五百石米的礼单奉献上去，才说明自己是杨戬亲家陈洪派来的人，请求尚书大人指给一条活路。他换了另一个假身份,但这和开始求见的身份关系密切,似乎不完全是有意蒙骗。《金瓶梅》故事假托宋朝而实际背景是明代,五百石米在明代约值一千两白银,相当于从二品、正三品大员一年的俸禄,实非小数,蔡尚书也就不好怎么责怪他了。

关键还在于蔡尚书知道这钱拿了也不烫手。他告诉来保:蔡太师在这件事上需要回避,你得去求告主事的右相李邦彦李爷;至于杨老爷之事,"昨日内里有消息出来,圣上宽恩,另有处分了",也就是杨戬会得到从宽处理。但言官说了重话,不能一点事也没有,要查他用人不当,处理几个杨老爷手下做坏事的人。

来保赶紧磕头道:"小的不认得李爷府中,望爷怜悯!"蔡尚书倒没让他查地图、找导游,而是让管家高安带着他去见李相爷。拿人钱财,替人消灾,黑道白道都是一样规矩。

相爷当然很老练,先唤了高安,弄清事由,才唤来保进去问话。说起杨爷已没事了,手下要查问的人,有名单在这儿。一瞧,西门庆赫然在列，属"鹰犬之徒、狐假虎威之辈"。来保使命磕头，这才说出自己的真实身份："小人就是西门庆家人，望老爷开天地之心，超生性命则个！"高安帮他呈上礼单，乃是"五百两金银"，这应该是指五百两黄金吧，实际主事的李相爷，所得不应少于做中介的蔡尚书。相爷瞧着这么大的价钱"只买一个名字"，有何不可？"令左右抬书案过来，取笔将文卷上西门庆名字改作贾庆"（竖写的"西门"两字合成一个"贾"字），一面将礼物收了。

一场大祸，消弭于无形。那个虚拟的"贾庆"是不是要找个倒霉鬼来顶缸，小说里没有写。反正西门庆那里照旧热闹起来：园子和新房重新开工，李瓶儿的事中途出了点麻烦，赶紧要把她找回来，陪着自己风流快活。

西门庆危机公关这一节写得相当生动，来保的灵活机警，颇得主人的真传。不过，这一场灾祸得以逃脱，归根结底还是因为杨戬的案子没闹大。真要闹大了，蔡尚书、李相爷也不能为了那些银钱冒风险去救什么西门庆。从这里可以看到中国古代社会的一种重要现象：商人为了谋取最大利益不得不依附于政治权力,但他们最大的风险也是来自官场。权力斗争一旦激烈起来,牵涉于其中的商人弄不好就有灭顶之灾。

堂皇下的糜烂

西门庆所交往的女人中，只有一个属于远高于他的社会阶层，就是王招宣的遗孀林太太。所谓"招宣"，是招讨使、宣抚使两种官名的混合。《金瓶梅》的故事假托宋代为背景，而宋代宣抚使是统辖一路或数路（"路"相当现在的省）军政事务的官员，通常委派中央执政大臣充任，在地方上权势煊赫，无人可比。虽然故事开场时王招宣已经死了大概有十来年，只留下一个风骚的寡妇和一个没出息的儿子王三官，但毕竟曾经是巨宦之家，豪贵气息还在。

这个尊贵的招宣府如今是什么情形呢？按照妓女郑爱月给西门庆所做的介绍，做儿子的整日混在妓院里，林太太则是"描眉画眼，打扮的狐狸也似，只寻外遇"，有个说媒的文嫂"单管与他做牵头，只说好风月"。还有个由文嫂举荐来的段妈妈，住在招宣府的后门边，"有人入港，在他家落脚做窝"。总之，这是一个高贵的家庭，名声很重要，要有专门的人员来照管各项事务。如此，生活虽是糜烂的，面子上依然光鲜。

林太太寻常不在当地物色面首，但西门庆的情况特别，所以文嫂给他做了精心的安排。那一日西门庆满心激动，从段妈妈打掩护的屋子进去，七转八转，进到招宣府的后堂。这里有一段描写：先是看见王招宣祖父的画像，身份乃是"太原节度、颁阳郡王"，差不多就是位极人臣了；他正坐在虎皮交椅上看兵书，样子很像忠义的偶像关公，就是胡子短了些。然后看到迎门朱红匾上写着"节义堂"三字，两壁隶书一联："传家节操同松竹，报国勋功并斗山。"这是说他们老王家不仅功勋卓著，而且有非常高尚的家风。这么看着，林太太就出来了，"就是个绮阁中好色的娇娘"——接着还有一句，不好抄出来。

作者似乎担心读书的人忽略了这种对照的写法，后面说到西门庆正经到王招宣府上赴宴，又描写大厅的布置，正面是皇帝钦赐牌额，金字题曰"世忠堂"，两边门上对联写着"乔木风霜古，山河带砺新"，意思也是老王家节操高尚，勋业相传。

林太太年纪很轻就死了丈夫，耐不得寂寞，有个把外遇，也不好怎么指责。但小说中所写，她的风骚淫浪几乎不加节制，以致要有专职人员为她的淫乐服务，这就和这个尊贵家庭的社会地位和他们所标榜的荣誉与德操构成了太大的反差。就在"节义堂"的后面，林太太和西门庆癫狂寻欢，无所不为；一墙之隔，画像上的王家老祖宗正煞有介事学着关王爷一脸正气。这种讽刺味道十足的场景，写出了作者内心一种特别的感受。

常听到的一句刻薄话，是既要做婊子，又要立牌坊。但作为招宣府，牌坊是一定要立而且早就立好了的，是皇帝给立的，这个由不得自己。唯一的考虑仅仅在于：倘要做"婊子"，如何才能深藏不露。

西门庆和林太太的故事，还有一个有趣的情节：王三官受一帮小混混引诱，成天在窑子里飘荡，把正经事都耽误了。作为母亲，林太太很焦急，希望西门大官人出面把这帮人给断开了，让小儿改过自新，继承先业。西门庆得了女人的好处，倒也是讲信用的，立马把那帮混混抓起来痛打一阵，三官儿也多少收敛了一点。

这事情看起来着实可笑：西门庆五毒俱全，离开窑子几乎活不成，林太太身为贵妇人而不断沾腥惹骚，一对"奸夫淫妇"在那认真讨论青少年的思想道德教育问题。难怪吴月娘听说了，也认为很滑稽。

但这并不只是讽刺、只是呈现生活的荒诞，它有确切的写实意义：对于林太太来说，王家表面的风光已经不能持久，要保持它的尊贵地位，必须期待儿子的努力。而像王三官这样的世家子弟，不是不可糜烂，而是要先学会堂皇，才有糜烂的资格。不然，一个少年郎，连在世面上混的本领都不曾学会，就镇日喝醉酒歪着个头搂着个妞，不要说国家指望不上他，他妈也指望不上他呀。

权力寻租的故事

在《瞭望东方周刊》上写了一阵《红楼梦》,又想把《金瓶梅》插进来交叉着写,或者较为有趣。而《金瓶梅》中的人物,首先想起的倒不是西门庆,而是戏份不多的蔡御史。原因一是鲁迅《中国小说史略》用关于他的情节做例子,久有印象;二是这位御史老爷的故事,恰好给近年新流行的"权力寻租"的概念做了注脚,让人知道古今之事,多有相通。

蔡御史名蕴,在第三十六回出场时,是新中的状元。正好和朝中权臣、太师蔡京同姓,顺风顺水就认了一个干爹。他是寒门子弟,初入官场,浑身上下干瘪瘪的。既然拜到太师门下,总要有所照应，而照应的方法，当然不能让太师为他"出血"。于是太师府的翟总管告诉他，回乡途中经过山东清河县，那儿"有老爷门下一个西门千户，乃是大巨家，富而好礼。亦是老爷抬举，见做理刑官。你到那里，他必然厚待"。就是让他结交西门庆获得资助，然后可以体面地衣锦还乡。

这里牵涉到明代社会的某些特点。在过去的传统中，大致而言，政治地位，也就是官阶的高下，是社会财富分配的基本依据。到了明中期以后，商品经济急剧膨胀，商人拥有的财富超过高官成为常见的现象，这便出现了"贵"与"富"的分离。掌握国家政治权力的官员不能安于贵而不富，而商人倘若不能获得权力的庇护，不仅运营艰难，已有的财富也不可能安全。因此自然而然就产生了权力与财富的勾兑——这其实是一种维持社会结构平衡的方法。所以翟总管跟蔡状元说这件事，语气平淡自然，丝毫不觉得有什么不合适的地方。

西门庆得到翟总管的交代，当然热情宴请，精心安排。但出了一点毛病，是蔡状元穷久了而官味尚薄,光是喝酒,听小曲,不见真金白银,难免焦急起来,瞅个机会竟拉着西门庆直言:"学生此去回乡省亲,路费缺少。"被西门庆回了一句"不劳老先生吩咐"。这很不体面,失了状元的身份。

到了第四十九回,差不多一年之后,蔡状元已经成为两淮巡盐御史,再经清河,与西门大官人相晤。此时他身居要职,历练成熟,气象大不相同。不仅行事妥切,举止从容,而且亲切的言谈中总带一点居高临下的味道——很懂得怎样和商人打交道了。

蔡御史的职权是主管两淮盐政。明代的食盐属于国家专卖商品,利润丰厚(犹如今日的香烟)。商人通过向边境军队提供粮秣,获取相应数量的"盐引",即经营许可证,再以此向盐业主管部门领取货品。倘使一切照章办事,当然就不用贿赂官员了。但权力显示其存在的方式,不是提供方便,而是制造障碍;当商人用金钱来消除障碍时,权力就产生了市场价值。

从西门庆来说,款待尚无实职的状元并贿以厚礼,属于远期投资。而当对方手握实权时,投资是需要回报的。他的要求是让自己所拥有的三万引盐尽快提货。而蔡御史也完全明白受贿者所应担的义务，一句"这个甚么打紧"，笑声中许下了最高的优待。

鲁迅《小说史略》引用的一节，是写当日酒宴之后，西门庆又安排两名妓女供蔡御史享用："只见两个唱的，盛妆打扮，立于阶下，向前插烛也似磕了四个头。"蔡御史看见，"欲进不能，欲退不舍"，情态十分生动。虚虚谦让、彼此吹捧一番，蔡御史不禁兴致高昂，"拈笔在手，文不加点，字走龙蛇，灯下一挥而就，作诗一首"。本来是贪鄙的交易，却用风雅的气息遮蔽起来，于是主客都很轻松。

第二天早晨还有个故事的尾声，特别有意思：妓女董娇儿陪侍一夜，蔡御史给了她用大红纸包着的一两银子，相当于小费吧。董娇儿拿与西门庆瞧，意思是有所不满。西门庆笑说道："文职的营生，他那里有大钱与你！这个就是上上签了。"身为富豪，只要有机会，他还是要嘲弄官员的寒窘，不管其诗写得有多好。

毁灭才是她的拯救

《金瓶梅》故事的开头是从《水浒传》借来的：武松景阳冈打虎后，与兄长武大郎相见，认识了嫂子潘金莲。潘金莲想要勾引武松未果，转与西门庆偷情，后来毒死武大郎。只是武松为兄报仇的情节被挪走了，然后把故事的中心场所放到了西门庆的宅院里。

《金瓶梅》的不知名的作者智商很高，又非常冷峻，他总是以一种深刻的嘲弄来描述人们兴高采烈却又毫无希望的喧噪；但他又是富于同情心的，能够写出人的不幸与悲哀究竟是从哪里来的。

和《水浒传》相比，潘金莲在《金瓶梅》中出场时，已经经历了丰富的人生磨难，并因此而变得悍泼。她是个裁缝的女儿，九岁被卖到王招宣府里学弹唱（属于家养的歌妓）。主人死了，她又被她妈妈"争将出来，三十两银子转卖于张大户家"。到十八岁被张大户暗中"收用"了，又因为家主婆不容，被撵走。而张大户特地做了精心安排，将她白白送给武大郎做老婆。不仅如此，还常常送些银两给武大郎做生意本钱。为什么呢？就是图个常有机会到他家里与金莲私会。

武大郎连矮子也算不上，"身不满三尺"，是个侏儒。且"头脑浊蠢可笑"，还"一味吃酒"。他不可能与风流俊俏的潘金莲般配，再加懦弱无能，是张大户挑中他的条件。而武大郎也从不曾真正把潘金莲当作自己的妻子，有时撞见张大户，也不敢声张，因为"原是他的行货"，自己不过是个拿了人的钱，替人看管"行货"，间或也占点便宜的角色。说实话，潘金莲除了不该毒死武大郎，做什么也不能算对不起他。

张大户死了，潘金莲活在一生最郁闷无聊的日子里，武松来了。"身材凛凛，相貌堂堂，身上恰似有千百斤气力"，打虎的英雄，现任巡捕都头

（县刑警大队长）。当然不是武松的错，可是难道不是可恶的命运拿他来勾引潘金莲吗？

况且武松也是有错的。最初的见面，兄嫂在家里陪他用茶，潘金莲还不曾拿出手段，那武松先自"见妇人十分妖娆，只把头来低着"。作者的写法，暗示他心里受到了扰动。接着金莲想尽法子套亲近，问了"莫不别处有婶婶"，又问"叔叔青春多少"，再赞"若似叔叔这般雄壮，谁敢道个不字"。一路下来，情态已近挑逗："妇人陪武松吃了几杯酒，一双眼只看着武松身上。"而武松呢，"吃他看不过，只低着头，不理他"。好大汉子，含羞似的只是低头，能不把事情弄尴尬？

初次见面，如此情形，武松也低了好久的头，不应该不知道危险。可告辞出门、正好将一切了结时，因潘金莲殷勤邀他搬家里来住，武松却满口答应："既是吾嫂厚意，今晚有行李便取来。"潘金莲也只要求"是必上心"，没说日子，武松接口就答应"今晚"，着急了一点吧？当然不是有什么歹念，只是他心里有点乱。喜得潘金莲嗲嗲地一声"奴在这里等候哩"，事情就往更坏的地方走下去了。

终于到了最后摊牌，那个下雪的日子，燃着火盆，叔嫂二人对饮。潘金莲心热了，以为那边的火候也该到了，举着喝剩的酒盏，看着武松道："你若有心，吃我这半杯儿残酒。"却惹急了武松，一把几乎将妇人推了一跤，慷慨地宣布："武二是个顶天立地的噙齿戴发的男子汉，不是那败坏风俗伤人伦的猪狗！嫂嫂不要这般不识羞耻！"还宣称"拳头却不认的是嫂嫂"，像是又要上山打虎的样子。当然，武松是英雄，紧急关头把持得住。可是，推女人干吗？伸拳头干吗？终究是太紧张，好像对自己也很恼火。

就算潘金莲惯于风月，但走到这危险的一步，终究不是一个人的事情。站在悬崖上，武松绷紧肌肉挺直了腰，潘金莲就只好摔下去。下一次是西门庆，一场更深更罪恶的沦落。

同情潘金莲的人总想给她编一些另外的故事，譬如她跟武松是不是可以情节更丰富一些。但《金瓶梅》绝不会那么写。它写潘金莲生育于罪恶，她只有在以恶毒的方式毁灭他人也毁灭自己的过程中才能品尝到快乐，毁灭才是她的拯救。

晦暗的生命

在《金瓶梅》的众多女性中，孙雪娥也许最容易被人忽视，因为她的生命色泽非常地晦暗。一部长篇小说中反复出现的人物，总应该有一点亮点，哪怕是短暂的幸福，哪怕是想入非非，哪怕是愤怒的爆发带来毁灭，这些孙雪娥都没有。她卑微蠢笨，遭人轻贱，永远倒霉。但如果你注意到这些，也许忽然会感到震撼，会为之惊惶：一个年轻女子的生命如此晦暗，究竟是作者的冷酷，还是造化的冷酷？

孙雪娥原来是西门庆原配陈氏的陪房丫头，肤色白皙，多少也有几分姿色，会做一手好菜，被西门庆立为第四房妾。但她秉性愚浊，不解风情，在好色的西门庆眼里，完全没有作为异性的吸引力。西门庆几乎从不到她的房中歇宿，她的真实身份不过是个厨娘兼厨房领班。

西门庆众妾中，潘金莲风骚美艳，心思机敏，孟玉楼有钱又会做人，李瓶儿更是既美貌又有钱，各人都有争宠和维持自己地位的方法，唯独孙雪娥除了厨艺什么也没有，而这厨艺也只是用来侍候人。所以她总是劳作事多，享用、娱乐事少。家中来客人，从来都不让这位"四娘"上厅堂。因为得不到西门庆的眷顾，手头没有银钱，妻妾姐妹们凑资玩耍饮酒，她也只好躲在一边，这样她就更像一个低人一等的仆妇。

如果安于做厨娘，其实也就罢了——什么样的日子不是日子呢？问题是孙雪娥总还记着自己是"四娘"，常常情不自禁地介入甚至挑起众妻妾之间的纷争。而她又是那样一个蠢女人，不懂得斗争艺术，总是选错时机和方式，结果当然很惨。

第十一回写到孙雪娥在一天里接连被西门庆痛打。那是潘金莲到西门府做了"五娘"，又拉拢了丫鬟春梅合伙取媚男人，令孙雪娥心中不忿。

她先是开玩笑似的讥讽春梅"又想汉子",惹火了春梅和潘金莲。接着春梅到厨房代西门庆传话要荷花饼、银丝鲊汤,孙雪娥不仅慢条斯理,还借机责骂了春梅一通。她以为自己的身份高于春梅,却没考虑到那小丫鬟已是西门庆的新宠,又忽视了春梅是代西门庆传话。结果受了调唆的西门庆暴跳如雷,立刻走进厨房对孙雪娥拳打脚踢。

感到冤屈的孙雪娥找吴月娘诉苦,又揭了潘金莲谋害亲夫的老底。她以为吴月娘作为正派女人一定会和自己站在一起,却不知吴月娘根本不想惹这个麻烦;更何况潘金莲谋害亲夫,西门庆始终参与其中。这话被潘金莲偷听到了,在西门庆面前披头散发一场哭闹,孙雪娥又挨一顿痛打。

其实潘金莲正需要一个机会借西门庆之手来显示自己的存在,孙雪娥把机会送给了她。

孙雪娥身边没有一个亲人,但有过一个情人,就是宋蕙莲的丈夫来旺。这个情人带给她什么好处呢?在西门庆死后,先前遭到发配的来旺潜回清河,孙雪娥提出要跟他私奔做夫妻。如果只是私奔,西门府正是乱糟糟的时候,大概顾不上她;

来旺会银匠手艺，雪娥有厨艺，幸福似乎也不是远不可及。但来旺却叫她偷了西门府的一大包细软，结果两人都被抓了起来。她是头脑愚浊的女人，她再一次为此而倒霉。

之后孙雪娥被卖了两次。先是卖到周守备府，那时她的仇人庞春梅由于特别的运气成了守备夫人。在遭受一番凌辱、责打之后，她又被卖到一家酒店做娼妓。当春梅让媒人将她领出去变卖时，孙雪娥在媒人家哭着说："只望早晚寻个好头脑，只有饭吃罢。"她的全部希望，只是遇上个好买主，有一碗饭吃，但这一点希望也不能实现。

"这潘五进门不问长短，把雪娥先打了一顿，睡了两日，只与他两碗饭吃，教他学乐器弹唱，学不会又打，打得身上青红遍了。引上道儿，方与他好衣穿，妆点打扮，门前站立，倚门献笑，眉目嘲人。"——这段文字读起来很平淡也很惨厉。

孙雪娥最后是自缢身亡的，她活到三十四岁。

《金瓶梅》写孙雪娥的故事真正让人震撼的地方就是写得平淡。她是个蠢女人，没有什么可爱的地方，做事情总是不合适，好像咎由自取——

但是，你仔细看就知道，她没有做过多少了不起的错事，却倒了无穷的霉；你终于知道，让蠢女人倒霉，是这世界表现它的无情的方式。

宋蕙莲之死

《金瓶梅》的主题就是欲望与死亡。由于死亡的情节不断发生，它多少令人反应迟钝。但一个不重要的角色宋蕙莲之死，依然给读者带来格外的震惊，这个死亡在诉说着一些特别的东西。

她是因为自己的丈夫来旺被主人西门庆诬害而自杀的。依照旧小说常规的模式，根据这样一个关键性的情节，宋蕙莲应该被描绘成一个贞烈的女子才符合人们已经习惯的文学逻辑。然而不是。就像把武松写成颟顸可笑的样子，《金瓶梅》总是在颠覆传统，并以此来表达它的意外的深刻。

从头来读宋蕙莲的故事，几乎直到她死之前，这个角色都没有什么可以让人尊重的地方。要找一些"关键词"来说的话，大概就是：轻浮、放荡、虚荣、贪财，有几分伶俐却不识轻重。而且这些特点结合在一起，又表现得十分可笑，甚至她的死路，在很大程度也是由这些性格上的东西铺成的。

作为一个穷人家的女儿，宋蕙莲先是被卖去当婢女，后来嫁给当厨子的蒋聪，那时她就和西门庆的家仆来旺勾搭上了。蒋聪身亡，她便嫁了来旺，来到西门庆家。她是有几分姿色的，又着意地照着潘金莲她们的打扮，弄成个妖妖娆娆的样子。西门庆一挑逗，她就顺水放船，做了他的姘妇——这条路其实是她自己选的。

偷人罢了，她还张扬。才跟西门庆勾搭上，得了些许银两，她便在门口嚷嚷着，叫那些伙计："傅大郎，我拜你拜，替我门首看着卖粉的。""贲老四，我对你说，对门首看着卖梅花菊花的，我要买两对儿戴。"她买了论升的瓜子到处送给下人嗑，自己更是嗑得满地瓜子壳。

张扬罢了，她还总往高台盘上挤。西门庆的妻妾们在花园里荡秋千，她也凑热闹，荡得比谁都高，露出大红潞绸裤子，"端的是飞仙一般"。

往上挤罢了，她还挤兑甚至羞辱正得宠而又狠毒的潘金莲。她发现潘金莲跟西门庆的女婿陈敬济有一腿，便借着元宵节游玩的机会，当着潘金莲的面跟陈敬济调情，表明她已经找到了占上风的由头，又卖弄她的脚比潘金莲小很多，暗示她完全有资格跟潘金莲争宠。

一切的细节都描绘出宋蕙莲的轻佻与愚蠢；但你如果仔细想过，就明白这正是因为她涉世还浅，心机不深，她受罪恶的浸染还少。她以为世界跟她一样轻浮，却不懂得那轻浮下面深藏着危险。

来旺外出应差归来，知道老婆给西门庆睡了，第一个反应是打老婆，第二个反应是灌酒，说大话，要跟西门庆"白刀子进，红刀子出"；因为听人调唆说这事跟潘金莲也有关，发狠要"把潘家那淫妇也杀了"。这都是大话而已，男人到这份上，能不说几句大话吗？但潘金莲却找到了机会，竭力撺掇西门庆把来旺给办了。于是来旺就因"谋财图命"下了牢，这是老套故事。

这不是宋蕙莲想要的和愿意承担的结果。以

她的庸俗的计划，她希望西门庆放了来旺，给他另娶个老婆，自己就完全成为西门庆的人——这对谁都好。西门庆先是答应了宋蕙莲，而后又被潘金莲说转了心，终于把来旺送上绝路。之后宋蕙莲两次自杀，最终死亡。"你原来就是个弄人的刽子手，把人活埋惯了，害死人还去看出殡的！"这是她对西门庆最后的评价。

常见人把宋蕙莲的自杀解说为一种道德力量的觉醒，这不完全对。来旺是由情人而成为她丈夫的，这跟潘金莲与武大郎的关系完全不同，她还有"一日夫妻百日恩"的念头；从现实处境来说，西门庆不仅没有遵行给她的许诺，而且"把圈套儿做得成，你还瞒着我"，这表明自己对西门庆而言完全无足轻重，玩儿就是玩儿罢了；从道德感上说，她可以偷情却没有力量以害死丈夫的代价来换取自己的"幸福"。她的天性是庸俗而轻浮的，但罪恶中的享乐却需要狠毒的力量来承担。

当世界把真相放在面前时，轻浮的人终于变得不再轻浮了。这不是宋蕙莲一个人的故事。

"狗才"应伯爵

《三国演义》有"桃园三结义",《金瓶梅》有"西门庆热结十弟兄"。这一部分内容在早出的词话本放在第十回,而在经过修订的崇祯本则搬到了第一回,这样,套用前人同时颠覆传统的意味更加鲜明。

在三国故事里,说的是刘、关、张"情同手足、义薄云天",关二爷千里走单骑,那一路风尘真是动人。在《金瓶梅》中,则是一帮落魄的闲汉围绕着西门庆溜须拍马,图些酒食和零碎银子。其中唯有花子虚有点家底,却因西门庆看中他老婆李瓶儿,把他给弄死了。"朋友妻不可欺"乎?没有这话的。同样道理,等到西门庆一命呜呼,结义兄弟们赶忙鼓动别处财主收买他留下的几个小老婆，得一点最后的赚头。《金瓶梅》不相信浪漫。

西门庆之外，十兄弟里面最鲜灵活泼的角色是应伯爵。他原是开绸缎铺应员外的第二个儿子，落了本钱，跌落下来，专在妓院"帮嫖贴食"，就是拉拉皮条，凑凑热闹，蹭点吃喝，在女人身上揩点油水，寻点乐子。

但这种帮闲角色也并不是很容易担当的，需要有点本事。应伯爵的本事在哪里呢？他懂得玩，"会一腿好气毬，双陆棋子，件件皆通"；懂得享受，会欣赏珍贵的官窑瓷器，晓得鲥鱼怎么做才有味。更重要的一条，是善于察言观色、插科打诨，口舌伶俐；为了给人逗乐，他常常做出种种滑稽而丑陋的腔调，必要时也不惜贬辱自己。总之只要有他在，场面就会热闹非凡。所以西门庆几日不见，就会想念他。很亲热的时候，西门庆不唤他"二哥"而叫他"狗才"——他是个卑贱没脸皮而又花样百出的家伙。无聊的人生有了他似乎变得有趣起来，又似乎变得更无聊了。

应伯爵下流无耻，好像没有任何理由让人对

他表示敬重。可是,他跟西门庆关系那么密切,除了闲扯胡混,他也给西门庆拉过几笔不算小的生意,但西门庆干了那么多伤天害理的勾当,害死那么多无辜的人,应伯爵却从来没有掺和在里面;他的聪明从来只用来赚吃骗喝,没见用来害人。小说这样写,不会是毫无用意的。

事实上应伯爵有他的另一面。第五十六回写十兄弟之一的常峙节穷得没有房子住,被老婆骂得狗血喷头,只好把应伯爵请到一家小馆子里,央他求西门庆借钱给自己。这时应伯爵就顾不上吃喝,赶紧领着常峙节直奔西门庆家里去了。他煞费苦心,哄得西门庆开心,好不容易弄出十二两银子,自己并没有沾什么好处。还有一回,妓女李桂姐得罪了西门庆,她弟弟乐师李铭也受到牵连,没人敢逆着西门庆请他上门献艺,生计发生了困难,只好求应伯爵帮他向西门庆说情。应伯爵也是一点好处不肯受,到西门庆那里卖弄口舌,说得他转了意。

应伯爵答应李铭时说了一句自豪的话:"我从前已往不知替人完美了多少勾当。"这或许有夸张之处，但毕竟能表明他做这类事情不是偶一为之；同情和帮助比自己处境更糟糕的人，大概说不上有多少高尚的道德动机，但在他的卑贱的生涯里，这至少构成了自我肯定的理由。这时候，"狗才"也有了几分慷慨之气。

前面说到应伯爵的"本事"，这些"本事"并非只能用来做帮闲小丑的。说起来，应伯爵要算是《金瓶梅》故事里第一号聪明机灵的人物，西门庆跟他比要显得粗莽许多；论家世，他也是商人子弟，也不比西门庆差。可是西门庆一步步走向成功，亦官亦商，尽享富贵，应伯爵却很早就"落了本钱"，从生意场上败退下来，靠给人帮闲混不要脸的日子。这除了他性格上有缺陷，不思进取、缺乏坚韧以外，一个根本的原因就在于他远不如西门庆狠毒。

当整个生存环境被污秽的气氛所笼罩时，心狠手辣便成为成功的条件。

小泼皮郓哥

《金瓶梅》开头的故事,西门庆勾搭潘金莲、害死武大郎,是从《水浒传》搬过来的,然后做了一些更细致化的加工。但有一部分几乎完全没有改动,就是跟郓哥有关的情节。

郓哥"年方十五六岁","自来只靠县前这许多酒店里卖些时新果品"。他在故事中的作用,是向武大郎告发西门庆与潘金莲干下的丑事,又挺身而出,帮武大郎捉奸,好像很有点正义感似的。但仔细读下来,却不是那个味道。

故事起始就有个交代:郓哥"时常得西门庆赍发他些盘缠(这里指生活费)"。西门庆的习惯,是经常撒些银钱给周围的人,当然,必要时对他们也有所利用。但一个卖果品的少年，能为西门庆做些什么呢？所以他对郓哥理应是好意帮衬居多。而时常得人钱财，至少不该故意给对方惹麻烦吧？郓哥却没有这样的念头。

那一日，郓哥弄到一篮子雪梨，想要送给西门庆，从他那里赚得三五十钱，好养活自己的老爹。那时西门庆与潘金莲的事已经风传在外，街市上闲人多，总望着生出些热闹可以解闷，就有人指引他去王婆茶坊里找："西门庆刮刺上卖炊饼的武大老婆"，每日只在那里快活。这在西门大官人或许不是什么了不得的事，但他也绝不乐意被人胡乱撞破，郓哥当然知道。可是他还是乐颠颠地径直闯去了，他有他的计较。

王婆得了好处成全西门庆的心愿，还担着把门望风的责任，就和闯门的郓哥起了冲突。这时，被王婆斥为"小猴子"的郓哥说出了十分老练的话："不要独自吃呵！也把些汁水与我呷一呷！我有甚么不理会得！"他的意思很明白：西门庆和潘金莲干的是见不得人的事，他们有责任拿钱遮丑。而这样的事情乃是见者有份，不能让王婆一人独吃。他一个"小猴子",就不怕惹毛了西门庆?因为他是在理的。"理"或者"公义",若不能换几个钱,还有什么鸟用!况且,他真正要敲诈的对象又只是王婆而已,他不过要分些"汁水"呷一呷。

可是王婆全然瞧不起这"小猴子"。甚至,当他说出最具威胁性的话,"直要我说出来,只怕卖炊饼的哥哥发作",结果只是挨了一通"栗暴",头上起好几个疙瘩。这非常不公平,郓哥下决心要坏了王婆的财路,让她"赚不成钱"!于是他找上了武大郎,一番激将法,点燃了那窝囊汉心头的怒火。

这消息透露给武大郎,对他是个好处;既是个好处,就不能白给,也不能贱卖。所以尽管郓哥自己也要出口气,还是拒绝了武大"十个炊饼"的开价,要了一个连酒带肉的"东道",慢慢用完,才以详情相告。

下面谈到如何捉奸,武大的念头非常笨拙,郓哥又给他出主意,定出两人合作的方法。这回是武大主动,给了他"数贯钱"。一千个铜板为一贯，数贯钱对武大对郓哥都绝非小数了。这事连智谋带出力还冒几分风险，郓哥自然不必谦让。盘算起来，他最初的念头只是要赚西门庆三五十钱，后来想分王婆若干"汁水"，最后还是在武大那里卖成最高价。

结果大家都很熟悉：武大捉奸，挨了西门庆窝心一脚，继而又被潘金莲下毒害死。之后的故事，在《水浒传》是武松杀嫂、剖腹掏心报仇，《金瓶梅》则是从这里宕开，另外生出许多波澜。至于郓哥，两本书里都没他的事了。

说到这里你会发现，在这一部分情节中，郓哥其实是一个最无足轻重、最不相干，也最没有理由介入的人。而一群人的生死恩怨，却因为他的出现而发生了巨大的改变。如果不是郓哥要找西门庆卖梨，那些人的命运又会是什么样的呢？这让人觉得世界真的很荒诞。

前面说了，关于郓哥的情节，《金瓶梅》几乎是完全照搬《水浒传》。为什么呢？也许因为这个角色不太重要，不值得为他多花心思与笔墨。但也许还有另一方面的原因：《水浒传》所写的郓哥,特别吻合《金瓶梅》的基调。在《金瓶梅》里,几乎没有纯然的善与恶、好人和坏人。人都是活在他们的欲望中,而他们的欲望彼此冲突。

你还不知道我是谁哩

《金瓶梅》的"梅"指的是庞春梅。她不仅是书中第三号女主角,而且是西门庆玩完以后十多回故事中唯一的中心人物。这个角色在文学意义上的重要性,可以用两句话来说:她是中国古小说中第一个用力描写的具有鲜明个性的女奴,也是《红楼梦》里惹人喜爱的晴雯的前身。

春梅原本是西门庆夫人吴月娘房中丫鬟,后来拨给潘金莲使唤,因为有些姿色,十六岁那年就被西门庆"收用"了。男主人占有婢女不需要什么理由,也不必给什么名分,她依然只是个丫鬟,身份低下。但她却总是能够惹得风滚云翻,在一片混乱的喧闹中摇曳生姿。

"性聪慧、喜谑浪、善应付"，这是春梅能够强过人的第一个条件。凭借这一点，她得以和同样聪明绝顶的潘金莲互相帮衬，沆瀣一气，也能够恰好地拿捏贪色的西门庆，借用他的威势。另一方面，也是因为她生来性气高傲，行事泼辣，使许多人对她不敢轻视。总之，她从不因为自己是个丫鬟而甘受委屈，认为自己有足够的尊贵——小说这样去写一个婢女，颇有些特殊之处了。

第二十二回写乐师李铭被西门庆请来教春梅等四个丫鬟学乐器。这李铭惯常出入妓院，占女人便宜是职业性的娱乐，另外几个丫鬟也就跟他打情骂俏、闹成一团。等到李铭单独教春梅时，难免手上有些顺带的动作。不料春梅大骂起来："好贼王八！你怎的捻我的手？调戏我？贼少死的王八！你还不知道我是谁哩！"直吓得李铭抱头鼠窜。

第七十五回写女艺人申二姐在西门庆府上给吴月娘的大妗子唱小曲儿，春梅和一群人另在一房，想让她过来唱一回，申二姐不屑地说："稀罕他也来叫我？"意思是丫鬟没这身份。这把春梅给惹火了，冲过去一阵毒如蛇蝎般的痛骂，还气狠狠地向众人说道："方才把贼瞎淫妇两个耳刮子才好。他还不知道我是谁哩！"

春梅总想让人知道她"是谁"，理解为她在强调自己跟西门庆上过床，已不是普通的丫鬟，这也没什么错。但从全书来看，就知道不仅如此，她连潘金莲、吴月娘，不高兴起来也是要顶撞的；就是西门庆，她也说过"看你不上眼"。

有一回吴神仙来算命，西门庆让春梅也夹杂在众妻妾之中，那吴神仙说她命相奇佳，"必得贵夫而生子"，"三九定然封赠"。事后吴月娘、西门庆都嘲笑算命的信口胡言，春梅却不以为然："凡人不可貌相，海水不可斗量。……莫不长远只在你家做奴才罢？"还有到西门庆死后，吴月娘首先把春梅给卖了，甚至连衣服首饰都不许带走。潘金莲触景伤情，哭个不休，春梅却一脸的淡漠，说是这才好，"自古好男不吃分时饭，好女不穿嫁时衣"。这种口气、这种神情，我们读后出的《红楼梦》，会再三地遇见。

评论者多以为《金瓶梅》写西门庆死后的部分气力疲软，不够精彩。但至少从全书的结构来说，这部分绝非赘余。春梅被卖，意外地成为周守备夫人，实际上她成了一个性别角色颠反的"西门庆"。她包养陈敬济，又和一个十九岁的家人周义私通，最后因为"贪淫"而"死在周义身上"，这死法和西门庆完全一样。这时候，她是不是知道"我是谁"而对人生比较满意了呢？却也说不明白。但至少，在这些关系中，她是操纵者。

开头说庞春梅是晴雯的前身，喜欢晴雯的人也许会认为这过于唐突了那位美好的"芙蓉女儿"。《金瓶梅》和《红楼梦》的作者对人生的看法、对女性的态度有很大的差异，他们笔下的人物面貌是不同的。以常规的道德观来评价，春梅是不折不扣的"淫妇"，晴雯跟宝玉至多是"意淫"，似乎不该相提并论。但要说"身为下贱，心比天高"，不甘心于奴婢的命运，庞春梅确实是晴雯的老师，她们都代表着不幸的女子对中国古代社会残存的奴隶制的奋力抗争。至于说女人"淫死"很可耻，庞春梅也许就嗤笑一声："你还不知道我是谁哩！"

玉楼人醉杏花天

胡兰成有《民国女子》一文，说及要找个好句描摹张爱玲行坐之姿而不得，张爱玲就说《金瓶梅》写孟玉楼的两句甚好："行过处花香细生，坐下时淹然百媚。"张爱玲读小说很细致，她用这个句子夸奖自己，玩笑中也带着自赏的意味。

这孟玉楼原是一位贩布商人的孀妇，丈夫留下一笔可观的财富。她还年轻，没有孩子，夫家一些亲戚难免盯着那些钱财生事。这时西门庆托人说媒，她便趁机嫁去，成为他的第三房小妾。相亲时，她见西门庆"人物风流，心下已十分中意"，这个人她是喜欢的。但更重要的考虑，还是觅得托身之地，保住那些钱财——她是一个明白人。

这桩婚事开始就带有欺骗的成分。西门庆相亲时给她一个甜美的诱饵："小人妻亡已久，欲娶娘子管理家事。"却并不说明自己又续娶了正室吴月娘。但也不能说孟玉楼完全是受骗上当。因为她亡夫的一个舅子张四为了破坏这门亲事，不仅向她揭穿了西门府中的全部真实情况，还历数了西门庆种种恶劣的秉性。然而孟玉楼却坚决地表示自己对这一切都不在乎，相信只要自己"勤谨省事"，做个贤惠的女人，就不致招祸。她真是那么有信心吗？其实她也是无奈：没有西门庆这般强悍的角色支撑，她要带走那些银钱绝不是容易的事情。

进了西门府之后，潘金莲、李瓶儿、庞春梅逐一聚拢到西门庆身旁，女主角到齐了，花团锦簇之下，冷酷的争斗波浪叠起，先到的孟玉楼反倒成了局外人。

孟玉楼没有争宠的资本吗？她也是个"淹然百媚"的女人，自己有钱，又掌管府中财务，可利用的机会有的是。只是她不愿意如此。她天然有一种商人的理智与冷静，对人对生活不抱过分的幻想；况且她打头就知道西门庆的感情靠不住，争也无益。而正是这一种骨子里的冷漠，反而使得她对人温和，处事大气，在洞察人情的同时尽可能以善意与众人周旋，成为西门府中唯一能够被几乎所有人都接受的人。

像潘金莲那样风骚而狠毒的女子本是不容易相处的，孟玉楼却跟她关系亲密，缘由就在于她懂得潘金莲内心的苦楚，随时对她有适当的维护。有一次吴月娘带着众女眷在吴大妗子家喝酒，晚上下起雪来，月娘便命小厮回家把各人的皮袄取来，孟玉楼立刻想到潘金莲是没有皮袄的，悄声跟月娘说应该只取她一个人的——这可以避免让潘金莲感到尴尬。

还有一次，潘金莲同西门庆的女婿陈敬济在花园里调情，近于忘形之际，孟玉楼在玩花楼上远远看到了，大声把她叫过来："五娘，你走这里来，我和你说话。"因为跟潘金莲有仇的孙雪娥也同她在一起，她担心潘金莲再闹下去弄得不成话，都落在仇人的眼里。

西门庆以似乎要娶为正室的含糊的许诺把孟

玉楼迎进门，终了她却是做了小妾。又因为孟玉楼不屑于以妖媚之态来讨好男人，西门庆很快就对她淡漠起来。面对这些令人愤慨的遭遇，孟玉楼好像没有什么不平，她淡然地承受着一切，保持着她的贤惠温良、与人为善。她很明白在她的生活里女人注定的弱势，而怨毒只会伤害自己。

孟玉楼的一支簪子上刻着两行诗："金勒马嘶芳草地，玉楼人醉杏花天。"它是带预言的道具。在西门庆死后，孟玉楼随吴月娘一群人清明郊游，遇上了本县李知县的衙内，远相遥望，"两情四目都有意"，就是一见钟情了。最后孟玉楼竟得以正室的身份与李衙内结成夫妻。《金瓶梅》极少浪漫情节，作者似乎格外怜惜孟玉楼，特意给她一点弥补。

《金瓶梅》作为中国第一部写实性的长篇小说，已经注意到用不同性格的人物形象彼此对照，以体现人性的丰富。虽然精致的程度还不够，却给后人以重要的启迪。我们读《红楼梦》，常常会隐约看到《金瓶梅》的影子，譬如薛宝钗的许多性格特征，就是同孟玉楼一脉相承的。

李瓶儿的南柯梦

李瓶儿是《金瓶梅》中的那个"瓶"。她的名字,是因为出生的那日,有人送了一对鱼瓶儿来,"就小字唤作瓶姐"。这花瓶是有象征性寓意的吗?小说并没有点明,但好像是。她是个白净的好看的女人,却一直活得空虚,不能成为真正的女人,等到抓住了西门庆,又生了儿子,生命似乎实在起来,但很快地,儿子被潘金莲害死了,她自己也跟着得病死了。

李瓶儿嫁给西门庆时才二十五岁光景,之前却已经嫁过了三回。

第一回是被大名府梁中书纳为妾。这梁中书的夫人乃是蔡太师的女儿,家门贵显,不用怕老公，嫉妒心能够用狠毒的方式表达出来，对婢妾有所怀疑，就直接打死了埋在后花园里。李瓶儿因此无法亲近梁中书，只在外书房与养娘同住。后来梁中书家被李逵带一帮好汉胡乱砍杀，李瓶儿在乱中带了一批珠宝逃往东京投亲。

第二回是在东京嫁给了花太监的侄儿花子虚，乃是正室。但花子虚不过应个"虚"名，花太监名义上为侄儿娶亲，其实是自己要用。李瓶儿后来对西门庆说起这桩婚事，"奴等闲也不和他沾身。况且，老公公在时，和他另在一间房睡着，我还把他骂得狗血喷了头。好不好对老公公说了，要打倘棍儿"。这里面的意思很明白。有个"丈夫"却不在一处，给年老的太监公公做女人，是何等怪诞的情形呢？小说虽然没有写，读者自能体会其中的悲哀。

花太监告老还乡，花子虚与李瓶儿随之来到清河县，就住在西门庆家隔壁。太监死了，一大笔财产只留给花子虚一人，其他的侄儿都没有份儿，因为这其实是留给李瓶儿的。世上的事儿，怎么叫有情怎么叫无情，实也难说——花太监这样对李瓶儿难道不是有情吗？

所以花子虚整日在外寻花问柳，家里晾着个如花似玉的媳妇，一点念头也不起——他心里有障碍的。因为花子虚和西门庆结拜为兄弟，李瓶儿恳请他劝劝花子虚不要在外面胡混，她是想把这个虚假的"家"弄成一个家的。但西门庆以强悍的流氓风格乘虚而入，她也就含笑应和了。她终于有了热烈的恋情，虽然那是邪恶的，却令她激动。在这过程里，花子虚被他们联手欺辱，得病而亡，成为可怜的牺牲品。

第三回却是嫁给了行医卖药的蒋竹山。那是因为西门庆的后台杨戬倒了，遇上了大麻烦，顾不上这个娇柔的女人，杳无音讯有七八个月之久。蒋竹山借行医之便粘上身来，李瓶儿在无望中做了一次退而求其次的选择。然而很不幸，这蒋竹山近乎是个性无能者。在经历过与西门庆如暴风雨般的狂欢之后，李瓶儿无法忍受蒋竹山拙劣而徒劳无功的努力，她愤恨的诅咒显得十分恶毒。她不过是要做一个女人，却怎么也做不成，怎么能不变得恶毒呢？

在蒋竹山也被西门庆害死之后，李瓶儿终于成了他的第六房小老婆。西门庆值得爱吗？这也不那么好说。他固然贪财好色，寡情薄义，常常是无恶不作，但心情好的时候，也能低声下气地讨好女人；他绝不是浪漫文学中的男主人公，却是黑暗世界中的生命力量。李瓶儿在他那里获得了作为女人的快乐，她赞美这个邪恶的男人："谁似冤家这般可奴之意，就是医奴的药一般。白日黑夜，教奴只是想你。"

金、瓶、梅，三个都是淫邪的女人，但她们都有自己的原因。你在李瓶儿的婚姻经历里，读到生命的空虚、干枯、无望。这个生命需要水的滋润，哪怕是污水。

到了西门庆府中以后，李瓶儿完全变了。她变得温存、容让，一味的"好性儿"，努力讨好所有的人。有了儿子之后，更是浑身散发出满足和幸福的柔光。她是一个出身低微的女人，她要的只是一份平常的生活。

可惜那个残缺的幸福也很短暂。

瓶儿临终前一日，西门庆在外面听人唱一组

"四梦八空"的曲子,其中一首是:

怏怏病转浓,甚日消融?春思夏想秋又冬。满怀愁闷诉以天公。天有知呵,怎不把恩情送?恩多也是个空,情多也是个空,都做了南柯梦。

正妻的角色

西门庆家里一堆女人，多数来路暧昧，性情放荡。只有领班的正太太吴月娘是个官家女儿，身份体面，品行也堪称端淑。

西门庆一贯地为非作歹，见女人就要上床，吴月娘有时也劝他，数落他几句，却毫不管用。这从性格来说是不够强悍，镇不住西门庆，但也因为她娘家后台并不是那么有力。《金瓶梅》里说到有一个梁中书的夫人十分厉害，老公看上的婢妾，她直接给打死了往后花园里一埋了事，老公也只能干瞪眼，那是因为她爸是太师蔡京。吴月娘的爸是个"千户"，中等的军职，说起来怎么也盖过西门庆这种商人家庭，但这位老爸在故事开始时已经做了古人。而月娘发牢骚时自称是"穷官儿家丫头",她亲哥在西门府上也不怎么被敬重,可见他们家早已是萧条了。所以吴月娘对西门庆只能温顺而不能强加限制,否则以西门庆的骄横,她恐怕连女主人的贵重也保持不住。政治、权力会在家庭生活中显露它的作用,这是个小小的例子。

古代多妻制家庭,挑选大老婆和小老婆所用的标准不同,所谓"娶妻以贤,纳妾以色"。因为大老婆是用来主持家政的,所以德行最为重要,美貌尚在其次;小老婆是用来享乐的,所以美貌最为重要,德行要求不高。在西门庆这里,对财货也看得很重,人财兼得最好。他娶进孟玉楼、李瓶儿,都发了些财,这算是商人的特色吧。吴月娘的长相,是细挑身材,圆盘脸庞,不丑,也说不上美艳。圆盘脸的女人虽然论俏丽迷人上有所不足,却好像能给人一种稳当可靠的感觉,薛宝钗也是那张脸。

西门庆在家等于是个暴君,女人们都以争得他的宠爱为荣,其标志是同房的密度,各人为此而费尽心机。作为女人来看,西门庆对吴月娘缺乏兴趣，很少到她房中留宿；偶尔那么一回两回，也只是面子上的事情，吴月娘激发不出他纵欲的快感与兴奋。月娘对此则是恬淡处之，无所要求，也不跟谁争风吃醋。这也不是因为月娘格调高雅，不喜为男女之事，像什么莲花出淤泥而不染之类。向西门庆邀宠需要作践自己来满足他，与众妾争宠则容易把自己降到与之相等的地位。这都不是月娘要演的角色，她需要维护自己的身份。

子嗣对古代家庭来说至关重要，也是主妇需要格外关心的事情。李瓶儿生下了儿子，西门庆兴奋异常，这对吴月娘的地位构成了某种潜在的威胁。但她表现得非常大度，对李瓶儿和她的儿子关怀备至。本来就满心窝火的潘金莲看不下去了，恨恨地讥刺她热脸贴别人冷屁股，全是白搭。但从吴月娘来说，这是她的角色所要求的姿态。

吴月娘当然很明白，真正要维护自己在家中的地位，还得自己生个儿子。为了这个目标，她做了精心设计：先是在一个夜晚焚香拜月，求神保佑丈夫早早回心，让家中女人早见嗣息，又正好让从妓院中回家的西门庆撞见，感动得西门庆非缠着她上床不可。怀上孕不幸流产,她又从女尼薛师父那里求到能够怀胎得子的灵符。可惜儿子生下来之时,西门庆已经一命呜呼了。

等到西门庆死了,吴月娘终于能够从身边消除掉一切曾经让她不得不忍受的东西。李瓶儿早已去世,家中还留着她的画像、遗物,这些统统烧掉;潘金莲私通陈敬济,吴月娘赶紧把她和她的心腹丫头全都打发走;李娇儿、孟玉楼改嫁了,孙雪娥拐财逃跑了,曾经热闹非凡的西门府只剩下她和她的年幼的儿子。她在这个清冷的世界中长长地叹了一口气。

崇祯本《金瓶梅》对吴月娘有很高的评价,称赞她是个贤德之妇。清代张竹坡的评点则把她说得一无是处,指责她奸诈、贪婪而又愚顽。平心而论,她是一个按照古代传统对家庭主妇的道德要求行事的人,西门庆那个弥漫着淫靡气息的府邸没有她会混乱得多。至于要为自己算计,那本是自然的事情。若要说一个好女人就不应该虚伪,恐怕《金瓶梅》的作者会大吃一惊:世上有这样的事情吗?

陈敬济的乱伦之爱

西门庆有个女婿叫陈敬济,他因父亲被朝廷问罪而随着妻子住在岳父家。西门庆让他在花园中管工记账,后来又让他主管解当铺。他"每日起早睡迟,带着钥匙,同伙计查点出入银钱,收放写算皆精。西门庆见了,喜欢的要不的",也还算有点小聪明小能耐。

这个女婿像是西门庆的影子,好色如命,浮浪无耻,大胆妄为。他寄人篱下,活动的天地小,也就是就地取材,打几个小"丈母娘"的主意。有机会他就揩把油,像第二十五回写吴月娘率众妇在花园打秋千,让陈敬济在妇人下秋千时扶一下,他就乘机"把李瓶儿裙子掀起,露出他大红底衣，抠了一把"。还有一回他拾到孟玉楼的一枝金簪，便想着有什么机会可以讹她一把，占点便宜。真正勾搭上的，便是潘金莲，然后因潘金莲的主意，和庞春梅也混到了一起——这是彼此一路、大家放心的意思。

但陈敬济比之西门庆又差老远。说起来《金瓶梅》里面也没什么好人，但陈敬济尤属不堪。他有西门庆的下流，却没有西门庆的精悍与机警。西门庆在时，他也能跟着做点事，到了西门庆一死，他就整天只顾着跟潘金莲私会，跟庞春梅奸戏。西门庆临终前把家托给他照管，偌大产业很快败落下去。后来因为奸情败露，吴月娘带仆人将他死揍一顿，驱逐出去，他就更不知如何为生了，"游娼楼，串酒店，每日睡睡，终宵荡荡"。老婆被他逼得上吊自杀，手上一点钱财被个光棍骗光，终于沦落街头，成了乞丐，又做过道士的性玩物，最后死于非命。陈敬济的故事，像是在说一个涉世不深而毫无品行的人，堕落会是没有底线的。

但《金瓶梅》写人物总有意外之笔。在往一个方向上极端强化的同时，它必有反方向的回折，让人惊骇于人生的奇异。陈敬济和潘金莲的奸情，就闪烁着这种奇异的光泽——甚或，那也许可以称作"爱情"。

陈敬济长得俊秀，性情"乖猾伶俐"，这对于风骚而又总是不满足的潘金莲来说是有吸引力的。第十八回两人初见，"潘金莲掀帘子进来，银丝鬟髻上戴着一头鲜花儿，笑嘻嘻道：'我说是谁，原来是陈姐夫在这里。'慌的陈敬济扭颈回头，猛然一见，不觉心荡目摇，精魂已失"。很有风情的一个开头。之后他们从"挨肩擦膀"开始，到大白天靠在栏杆旁厮混，进入了无耻而热烈的苟合。这只是贪欲吧。贪欲虽然也要有"两情相悦"的底子，但除了肉体的享受，其他的东西很少。

到了奸情败露，陈敬济被逐出西门府，潘金莲被交押在王婆那里发卖，也许是同病相怜，也许是"哪里有压迫哪里就有反抗"，总之是有什么东西起了变化。陈敬济特意去看望他的金莲，又跟王婆为赎身的银价争执起来——开价是一百两银子，那时可以买一座很好的宅院了，不是小数字。陈敬济的执着感动了潘金莲，她说："你既为我一场,休与干娘争执,上紧取去,只恐来迟了,别人娶了奴去,就不是你的人了。"敬济道:"我雇牲口连夜兼程,多则半月,少则十日就来。"他们彼此期待着,幸福或者说快乐在彼此的期待中。

武松的刀更快。等到陈敬济从开封老娘那里骗出钱赶回清河,潘金莲已成刀底游魂。晚夕,他买了一陌钱纸烧给妇人,叫着妇人:"潘六姐,我小兄弟陈敬济,今日替你烧陌钱纸。皆因我来迟了一步,误了你性命。"他是无能的人,他为无奈而酸楚。之后,庞春梅收葬了潘金莲,陈敬济得知,顾不上刚运到的父亲的灵柩,先拿钱买了祭物,至于金莲坟上,哭道:"我的六姐,你兄弟陈敬济来与你烧一陌纸钱,你好处安身,苦处用钱。"祭毕,然后才到他父亲灵柩跟前烧纸祭祀。他是坏人,罪恶的感情远比高尚的道德重要。

假如陈敬济赶在武松前面救下了潘金莲,他们会成为一对好夫妻吗?显然是不可能的。堕落的生活里只有贪欲的游戏,这种游戏浮浪无根。只有当贪欲被禁遏、生命遭残杀时,他们才感受到彼此的珍重,和心底里辛酸的眷恋。

常峙节三借西门府

《金瓶梅》故事里一个最不起眼的角色，在词话本里名唤"常时节"，谐音"常时借"。崇祯本嫌它不雅，改成了"常峙节"，即气节很高、性格傲气的意思，开他一个玩笑。名字是表示希望的，希望本身是个玩笑。

西门庆有结义的"十兄弟"，除了他和花子虚，剩下的全是破落户，哄着西门大官人扯淡，蹭点酒食，而常峙节尤其寒窘。他在小说里反复出现，却几乎没有自己的故事，连他的家世、谋生的行当，作者都懒得介绍。只是在第五十六回，他的大名很醒目地出现在回目上：西门庆捐金助朋友，常峙节得钞傲妻儿。

事由是常峙节没自己的房子，被房主撵着，想让西门庆帮衬些银两弄间房子住。在第五十五回他开口说借钱，还说"日后少不的加些利钱送还哥"，心里却虚飘飘的，"只是低了脸，半含半吐"。西门庆倒是爽气："相处中说甚利钱！"却又推事忙，手头不方便，让他等着。大官人的心思，大抵是给穷朋友帮忙，需要设置一定的难度，不能张口就有。

好些日子不得结果，常家老婆耐不住了，埋怨道："你也是男子汉大丈夫，房子没间住，吃这般懊恼气。"还有一层埋怨，说他"平日只认的西门大官人"，求个周济却是一场空。能听出来常峙节平时很拿这位富豪朋友当回事。一夜聒噪，常峙节有口无言，只好求"十兄弟"中的老二、口舌最为灵巧的应伯爵帮着说情。

这是第五十六回的故事了。那日到西门府上，正值从外面送来府中妻妾们添置的秋衣，两个僮仆抬着一口箱子累得气吁吁，都是绫绢衣服，那是吴月娘的，才一半之数。惊得常峙节伸着舌道："六房嫂子，就六箱了，好不费事！小户人家，一匹布也难得。哥果是财主哩。"应伯爵借机帮常峙节说话，道是秋凉了，常二哥的皮袄儿还当在典铺里，又被房主催逼慌了，浑家日夜在屋里絮絮叨叨，情景实在是难熬下去。有一句话，也许是打动了西门庆的："况且寻的房子住着，也是哥的体面。"尽管只是扯淡，可不也是号称"兄弟"了么？

西门庆不好总是推托，问明了常峙节的购房计划，答应他寻下房子之后，兑银子帮他成交，眼前呢，手头还是紧，有"东京太师府赏封剩下的十二两，你拿去好杂用"。去太师府一遭，银子流水一般，那是有大用处；扯淡自然也有扯淡的开销，只是两者不好比拟。

十二两碎银子对常峙节来说就算一笔大钱了。他袖里藏着银子走到家来，并不明说，任浑家吵嚷开骂："梧桐叶落——满身光棍的行货子！出去一日，把老婆饿在家里，尚兀自千欢万喜到家来，可不害羞哩！"直到老婆骂完了，才轻轻把袖里银子摸将出来放在桌儿上，发一通充满文学性的感叹："孔方兄，孔方兄！我瞧你光闪闪、响当当无价之宝，满身通麻了，恨没口水咽你下去。你早些来时，不受这淫妇儿场气了。"捉弄得老婆赔笑脸了，惭愧了，掉下泪来了，才心满意足，上街给老婆买了几件好衣服，还说了一通深有感情的风骚话。

"傲妻儿"的情节模仿孟子的名文"齐人有一妻一妾者"。常峙节的嘴脸好像很可笑很无耻，不过"贫贱夫妻百事哀"，男人弄不回钱来遭老婆骂，弄回钱来得老婆欢喜，是生活的实情。再说，除了老婆面前，这世上哪有他摆谱的地方？

买房子的钱还没借到手。第五十九回，常峙节又上西门府来说话，告诉房子寻下了。不巧西门庆儿子病重，顾不上他，只得又讪讪地回去。这样到第六十回，事情才算了结：因为应伯爵领了人来交纳一笔银子，西门庆想起答应过常峙节的事来，拿出五十两为他完事。三十五两银子的房价，余下的让他开个小铺儿，月间赚几钱银子，两口儿盘搅过活——说实话，西门庆这时候很够交情，也很厚道。

常峙节是个毫不起眼的人，他借钱买房是一件旁枝末节的小事，但在小说里点点滴滴延续了五六回。这是《金瓶梅》的写实风格，用一些琐屑之事，不仅描绘出常峙节的困窘、下流和不失善良，也很好地勾勒出西门庆的一个侧面。

漫说《红楼梦》

灰暗的彩霞

《红楼梦》描写了众多身为丫鬟的青春少女的毁灭。由于作者对女性的喜爱，她们的毁灭常伴随动人的光彩，譬如晴雯，甚至是不很讨人喜欢的司棋。而王夫人房中的大丫头彩霞，虽有一个格外绚丽的名字，却始终生活于一种令人感到压抑的灰暗色调中，直到被更深的阴暗淹没。

彩霞的遭遇如此，是因为她把自己的命运同贾府中一对庸愚猥琐的母子——赵姨娘和贾环扣系在一起。她想从中有所得，却终于只是白白糟践了自己。

贾环小气、无能而乖戾，陷于因庶出而生的自卑而越发被人鄙视，没有一丝贵门公子的气概，好像是专用来和贾宝玉做反衬的。有一段故事，写贾环在园子里同薛宝钗身边的小丫头赌小钱玩，也弄得猴急耍赖，被小丫头莺儿抱怨"一个作爷的，还赖我们这几个钱"，要说没出息也算是到了极点。

而彩霞呢，她对被众人围捧着的宝玉毫无兴趣，却专把心思放在贾环身上。第二十五回，贾环在王夫人房里奉命抄写《金刚经咒》，拿腔作调地支使众丫鬟，却无人搭理，"只有彩霞还和他合得来，倒了一杯茶来递与他"，又劝他不要无事生非招人嫌。一会儿宝玉来了，"便和彩霞说笑，只见彩霞淡淡的不大搭理，两眼睛只向贾环处看。宝玉便拉着他的手笑道：'好姐姐，你也理我理儿呢。'一面说，一面拉他的手，彩霞夺手不肯，便说：'再闹，我就嚷了！'"宝玉在女孩堆里受宠惯了的，这回却在贾环面前遭到彩霞的冷落，难免有点意外吧。而彩霞的举止，又分明是做给贾环看，有表白也有劝慰的意思。

依照第三十回金钏与宝玉调情时所说的一句点透隐情的话，"你往东小院子里拿环哥儿同彩云（霞）去"，她对贾环已经是所谓"以身相许"了。人趋我弃，人弃我取，彩霞这是什么念头呢？难道是"萝卜青菜，各有所爱"，是一种奇特的爱情？还是她对贾环格外怜惜？恐怕没有那么浪漫。

小说里没有写到彩霞的相貌，可以推想她并非美女。而探春对她的评价，是"外头老实，心里有数儿"，"凡百一应事，都是他提着太太行"，可见她心思细密。对彩霞来说，人人当个宝而又滥情的宝玉绝不是可以期盼的人，几句空虚的甜言蜜语也当不得饭吃；贾环怎么不济也终究是个正经主子，笼络到手，便有希望改变自己的身份。一切应该都是计算清楚的。

但是，跟什么样的人打交道便要付出什么样的代价。贾环的母亲赵姨娘虽然乐见彩霞与儿子相好，指望这个能干的丫鬟有一日成为自己的臂膀，但是她们母子妒忌和贪小的天性，却需要彩霞常常从王夫人房中偷偷拿东西来满足。有一回事情败露，彩霞面临严重的羞辱，幸亏宝玉以开玩笑为名承担下来。谁知贾环却疑心她和宝玉有私情，不仅将她私赠之物都拿了出来,摔到她的脸去,还声明要去告发她,气得她哭个"泪干肠断"。

最后彩霞被王夫人放出,让家中自择婚配,这时冒出个来旺的儿子要娶她做老婆。此人"酗酒赌博""容貌丑陋""一技不知",乃是最劣等的奴才。但来旺却是王熙凤的陪房和亲信,王熙凤亲自出面发话,谁也挡不住。此时彩霞的恐惧、焦虑、期盼,在别人眼里轻微不足道。

也许还能指靠的就只有赵姨娘和贾环了,彩霞赶紧让人去问他们该怎么办。"贾环也不大甚在意,不过是个丫头,他去了,将来自然还有",整个就不想过问。赵姨娘倒是念着彩霞有用,一夜里找机会向贾政提起,话也没说明白,被贾政三言两语挡了回去。于是"打发贾政安息,不在话下"。

一个丫鬟的生命是微渺的。尽管彩霞从无青春少女的浪漫念头,只是用心地去够一个好像够得着的东西,付出了心计、自尊和身体,却仍然是一场空。续作后四十回已经没有彩霞的故事,如果想要为她续写一些情节,也许她只有变得足够狠毒，才能从这个令人憎厌的世界里找回些许快意。

附注：《红楼梦》中彩霞有时写作"彩云"，但从情节来看，实为一人。大约作者原本要写两个人物，最后合成了一人，却又未删汰干净。

放浪尤三姐

新版《红楼梦》电视剧中尤三姐戏弄贾珍、贾琏的情节,招致许多批评,有人说这简直成了"青楼梦"。其实这些内容在原著中是有充分依据的,一般观众感觉这同自己心目中尤三姐的形象不符,则是有特别的原因。

《红楼梦》有两大版本系统:体现原著面貌的八十回的脂本,和经过增补的一百二十回的程本。后者不仅多出续作部分,对前八十回也有修改。而最突出的地方,就是在相当大的程度上改变了尤三姐的形象,以至于在脂本和程本中出现了两个不同的尤三姐。

为什么会出现这样的情形?这还得从曹雪芹

所写的尤三姐的故事说起。

宁国府的头号主子贾珍，他老婆尤氏有个继母，一度带着两个未出嫁的女儿寄居在贾府，便是尤二姐和尤三姐。尤家境况衰落，全靠贾珍接济。尤家姐妹同尤氏既非同母也不同父，她们名义上是贾珍的小姨子，实际上不过是一门关系颇为疏远的穷亲戚。二尤皆是美人，贾珍则可以算是《红楼梦》里第一等肆无忌惮的好色之徒，岂肯轻易放过她们？于是和姐妹俩暗下偷情，甚至他儿子贾蓉也夹在里面贪些零碎的便宜。据后来尤三姐托梦给二姐，说起往日她们自身的过错，道是"你我生前淫奔不才，使人家丧伦败行，故有此报"，可见情形颇多荒唐。

从贾府那些爷儿们的立场来看，二尤不过是鲜美的野花，顺手摘来赏玩，是现成的便宜。但她们姐妹俩又是怎样考虑的呢？小说没有细致的交代。但必须看到，她们并不是处在纯粹被强迫的地位上，偷情故事的发生，仍然有自身的原因。在二姐，或许因为耳根软经不起哄骗，三姐却是明白而刚烈的人，坠入其中，她本来就性格放浪、不在乎逢场作戏、胡闹着玩，我以为是重要的原因。

由此看《红楼梦》中有名的"三姐闹宴"一节，才能明白这并不突兀。事情发生在贾琏偷娶尤二姐养作外室之后。那时三姐和尤母与她同住，而贾珍不甘落寞，又悄悄跑去同三姐纠缠。开始仍然是旧的荒诞剧在延续，尤母和二姐找个由头走开了，"贾珍便和三姐挨肩擦脸，百般轻薄"，真是看不出在什么地方会爆出火花来。

接着是贾琏归来。他自以为风流洒脱，径自走入贾珍与三姐私会的西屋，摆出打开天窗说亮话的架势。与贾珍一番诚恳，消陈尴尬之后，便吩咐三姐和贾珍干一杯，意思让贾珍也把三姐包养起来。在贾琏，既是为了阻断贾珍与尤二姐发生纠缠的可能，也是让三姐有个着落，他觉得自己做得很漂亮吧？谁也不曾料到三姐忽然指着这兄弟俩嘲骂起来，叫他们别打错算盘，花几个臭钱，"拿着我们姐儿两个权当粉头来取乐儿"。要喝酒，谁还怕谁吗？搂过贾琏的脖子便往下灌，说要同他"亲香亲香"。这等"老辣无耻"，把哥俩惊得目瞪口呆。

读者能够真正体会到尤三姐的恼怒吗？"淫浪"也罢，胡闹也罢，那是她自己愿意。凭什么贾琏就可以大咧咧走进来指手画脚、哥儿俩想怎么安顿就怎么安顿她？因为他们有权有势而她只是个寒素人家的坏女人？忽然我们看见三姐身上的高贵。

下面一节描写真是惊世骇众：这尤三姐松挽着头发，大红袄子半掩半开，隐约露出胸脯，一对金莲或翘或并，耳边的坠子亮晶晶闪动不停，眼如秋水，又添了酒后的饧涩淫浪。所谓"绰约风流"，天下所无，"淫态风情"，任意张狂，拿他弟兄二人嘲笑取乐。曹雪芹最后用这样惊人的话做结论："竟真是他嫖了男人，并非男人淫了他。"

这就是尤三姐：既然是堕落，她就妖艳明亮地堕落给你看，亮到你睁不开眼睛。而像贾珍、贾琏那样猥琐的堕落者，终于意识到自己并无可以与之对阵的精神力量。

而程本《红楼梦》的修改者（大约也是高鹗）显然认为这样的描述不能接受，因此删落了尤三姐与贾珍偷情的内容，以"出淤泥而不染"的模式提高了她的品德与操行。程本是通行本，而后来由《红楼梦》改编的戏曲、电视剧，也几乎一律遵从程本。新版电视剧虽然试图更接近脂本原貌，其实仍然不能真正演示曹雪芹所塑造的尤三姐形象。

一般情形下，人们对程本改动原著持批评态度，独独对尤三姐的故事，很多人认为程本的改动值得肯定——因为这使得尤三姐的形象显得更"美好"了。这真是曹雪芹的悲哀，他虽然是古人，却有很多地方是现代人不能理解的，遭到抵制也是没有办法。

剑上的花

曹雪芹作《红楼梦》以写实见长,所以前八十回中少有戏剧化的情节。若要说凡事总有例外,那么尤三姐的故事算是一个。但仔细解读,却又不难发现,这种戏剧化的情节,仍然是以写实为基础的。当尤三姐希图在卑贱与污浊中追求热烈与美好的人生时,不得不以毁灭自我为代价。最终,热血从剑锋迸射而出,一朵鲜丽的花于瞬间开放,而随即凋零。

尤三姐与贾珍偷情,由双方的地位所决定,不可能成为平等的风流游戏。一旦意识到自己姐妹俩在贾氏兄弟眼中不过是玩物时,她就起了报复的念头。三姐的算计,是把玩弄和被玩弄的关系颠倒过来，把男人变成"嫖"的对象。因此付出的代价，是自我毁灭式的"淫浪"，是一种更为彻底的堕落姿态。由此她制造了一种戏剧化的场面，并从幻境中获得某种心理满足。

但最终被伤害的是谁呢？人与人之间的关系，取决于巨大的历史与社会力量，绝非三姐那种表面的主动所能改变。说得冷酷一些，"闹宴"的场面虽然令贾珍和贾琏感到尴尬，但他们同时也获得了难得的享受；甚至，后世的评论者对这一情节表示热烈的赞美时，其快感的来源亦不无暧昧。

这当然不是三姐可以留住的生活，她需要从堕落中找到一条自拔的路。谁也不知道放浪的尤三姐在内心中藏着一份爱情，那人是柳湘莲，一个俊秀、冷漠、孤傲的伶人。她想象这份爱能够带着她逃离这污浊的世界。

这原本是一种幻想与虚构。三姐仅仅是在五年前从戏台上看到过柳湘莲，见到的是扮相，听到的是唱词，那不是一个生活中的人。如果永远当作梦想的材料，让他英姿勃发，且歌且舞，扮饰自己深夜的柔情，也没有什么不好。危险的是尤三姐要把他变成自己的生活。当贾琏试图给三姐找一户人家嫁出去以求太平时，她把私藏的梦想拿出来做条件："只要我拣一个素日可心如意的人方跟他去。"这对她是纯洁的事情。她一个女孩家不可能自己去追逐那份爱情，只能将它交托给一个她原本鄙视的肮脏的中间人。她想只要走出去就好了，只要抓紧了就永远不放："若有了姓柳的来，我便嫁他。从今日起，我吃斋念佛，只伏侍母亲，等他来了，嫁了他去，若一百年不来，我自己修行去了。"

当爱情的希望燃起时，我们看这"老辣"的女子其实十分幼稚，这"淫浪"的女子其实十分纯洁。

很多人指责柳湘莲。他选择妻子的条件非常简单，就是"定要一个绝色的女子"；他答应贾琏的提亲非常轻率："如今既是贵昆仲高谊，顾不得许多了，任凭裁夺，我无不从命"；当他感到后悔时则丝毫不再考虑对方的感受，紧逼着要收回作为聘礼的家传鸳鸯宝剑。只要拿回剑，一切都与他无关了。

但这一场被毁弃的婚约对于男女双方而言有着完全不同的意义。在尤三姐,它是生命中唯一和最后的希望,是黑暗的渊面上闪起的一道光。在柳湘莲,它是一场可疑的骗局,在追问贾宝玉时所得到的闪烁其词的回答已经证明了女子的不洁,他绝不能无辜地成为"剩王八"。他有他的理由。

于是尤三姐走了出来。"还你的定礼",她说,左手将鸳鸯剑的雄锋并鞘送与柳湘莲,右手举起隐藏着的雌锋只往项上一横,鲜血如桃花陨落。

尤三姐说:"妾痴情待君五年矣。"可这是一个她根本不认识的人。她其实爱的是自己的一个梦想,一个能够把自己从卑贱和堕落中解脱出来的梦想。正是她自己将自己引入危险的境地,但这也是她所需要和等待的。在一个戏剧化的场景中,她没有获得热烈的爱情却获得热烈的死亡,而她的高贵得到了证明。

至于柳湘莲,也不是什么事情也没做。在女人割断了自己的颈项之后,作为男人他割断了自己的头发。

贾政与宝玉

贾政好像是《红楼梦》里第一等招人讨厌的家伙,原因自然是他和宝玉的敌对与冲突。贾政虽是父亲,在宝玉眼里却犹如恶魔,毫无亲切感可言。他的恐惧甚至成了习惯性的反应,无论怎样正鲜灵活泼着,一叫到父亲的名字,看见他的身影,便顿时木呆,魂飞魄散。而且尽管有老祖母护着,有一回仍然被打得半死。看小说的人容易站在主人公一边,讨厌贾政也是理所当然。

而对《红楼梦》的政治化解读,又进一步深化了这一对父子间对立的意义:宝玉被推举为封建家庭的"叛逆",而贾政则被描述为封建"卫道士",于是他们似乎在小说里展开了一场政治斗争。"宝玉挨打"一节被选入中学课本，想必着眼于此吧？我不清楚老师怎样去讲解这一节文字，但如果把现代人的政治解说搁置不论，却很容易看到导致宝玉挨打的缘由实在是很严重的。

有三件事叠加导致宝玉的厄运：先是宝玉会见贾雨村时无精打采，表现出他对世俗应酬、仕途经济毫无兴趣，令贾政心中不快。继而忠顺王府遣人登门追讨优伶琪官，虽说事实上琪官并非宝玉所藏匿，但他毕竟与之有迹近暧昧的交往，才导致对方的猜疑。而对贾府来说，这是无端地得罪了一个关系疏远而势力强大的政治豪门，它可能埋下严重的祸根。紧接着是丫鬟金钏儿自杀，贾环传述其母赵姨娘的解说，道是因宝玉逼奸未遂而引起。这对贾府来说是严重的名誉损害。

当然读者可以要求贾政明智和冷静一点，去除后两桩事件中无据的猜测和恶意的夸大，再来追究宝玉的责任。但连续的愤怒的冲击，也确实容易令人头脑发昏。贾政是相信其事属实的，他因此对儿子陷入了彻底的失望甚至恐惧，只怕会"酿到弑君杀父"的一步。作为一个贵族大家庭的家长，他有维护家族利益和管束子弟的责任。你可以指责贾政昏聩或下手过于狠毒，却没法在这件事上指责他如何"保守""卫道"。你们家的儿子，真犯到那一步，难道不打吗？

《红楼梦》第四十五回有一段容易被忽视的情节，是贾府里资格最老的赖嬷嬷对宝玉等人回忆府中老前辈打人的历史。先是说宝玉挨那一通狠揍算不了什么，然后说"当日老爷（贾政）小时挨你爷爷（贾代善）的打，谁没看见的！"又说"大老爷（贾赦）也是天天打"。至于东府里老祖宗贾代化，那"才是火上浇油的性子，说声恼了，什么儿子，竟是审贼"。可见贾府里长辈打儿孙乃是光荣传统，贾政本人也是从小被打过来的，他打宝玉，或许连手法都是其来有自。

读古诗文，经常会遇到的内容是说某贵胄子弟如何少年放荡、中年折节，终于功成名就。早年适度的任性放纵，对这一类人来说是应得的快乐。就连贾政，居然"起初天性也是个诗酒放诞之人"！但到了一定时候，又必须转变人生方向、行为方式。因为家族的事业必须有人继承下去，而谋求个人的成功也只有沿着社会的既定轨道才有可能。因而，教育改造少年子弟，便成为家庭基本的职能。而一个少年已形成的个性距社会标准愈远，则遭遇的改造强力愈大。宝玉被毒打了，他的同性伴侣秦钟因为和小尼姑智能相好，也被父亲毒打，最后卧床不起。不是没有过错，甚至不是不该挨打。但在家庭改造那种"顽劣"少年时显示出的非人性的残忍，令人联想到社会对其成员约制的严厉。

我们无从知道贾宝玉最后会被改造成什么样子。就曹雪芹本人而言，他是未及长成便遭逢家庭败落，对他的改造大概不够彻底。但恐怕也正因此，他一方面终于"风尘碌碌，一事无成"，晚来自悔不已，一方面却更多地保存了对少年生活的珍爱。在宝玉父子的冲突里，贾政何尝没有他的痛苦，但用少年人的眼光来看，成人世界所看重的东西不仅是枯燥无趣的，而且它本身就是一种巨大的威胁，它将毁灭少年人所珍爱的一切。

焦大：从马尿到马粪

《红楼梦》故事的小人物中，常被提起的有一位焦大。

很早，鲁迅就拿焦大说事，讥讽"新月社"的一帮人。老先生感慨焦大骂街，"并非要打倒贾府，倒是要贾府好"，却被塞了一嘴马粪。又拿历史上的大文豪屈原来比附，设想"假使他能做文章，我想，恐怕也会有一篇《离骚》之类"。话说得尖刻而俏皮，很容易被人记住。

到了用《红楼梦》阐释"阶级斗争"学说的年代，焦大骂贾府中人下流堕落，"每日家偷狗戏鸡，爬灰的爬灰，养小叔子的养小叔子"，又成了屡屡被引用的名言，似乎焦大也颇有尖锐的眼光和批判精神。

焦大资格很老,"从小儿跟着太们出过三四回兵",跟贾府的渊源甚至要超过"老祖宗"贾母;焦大功劳很大,曾经"从死人堆里把太爷(指第一代宁国公贾演)背了出来",而且在"两日没得水"的严酷条件下,把找到的半碗水给主子喝,自己喝马尿。他堪称中国传统文化热烈赞美的"忠仆"的典型。

他的资格与功劳并不是毫无报酬。过去"有祖宗时都另眼相待";如今祖宗没有了,继承官爵的儿孙们也不怎么难为他。在奴仆的身份上,他享有一定的特权:尽管他"不顾体面,一味吃酒,吃醉了,无人不骂",表现恶劣,还能在贾府里混着,有一碗饭吃。

焦大的种种不满、愤怨与牢骚,首先是因为贾府的儿孙们没有出息、令他焦虑不安吗?鲁迅把这放在前面来说是不对的。首要原因还是待遇不公,没有真正做到"论功行赏",安排好他的工作岗位。

焦大出场在第七回,事由是那日夜晚管事人

派他送秦钟回家。秦钟不过是贾府的一门不起眼的亲戚，一个小毛孩，这样的活儿在贾府里属于没有一星油水的末等杂事。而由此一桩，不难推想焦大日常所任，无非诸如此类。焦大是上过战场的，救过老爷命的，喝过马尿的，这样做公道吗，合适吗？恰逢他又喝醉了，难免愤怒起来，指着大总管赖二痛骂："有了好差事就派别人，像这等黑更半夜送人的事，就派我。没良心的王八羔子！瞎充管家！"假定管家派给他总是有体面有油水又不甚劳顿的"好差事"，他会这样对现实感到不满吗？说句哲学的话，所谓"现实"，说到底就是人所遭遇的处境罢了。

酒是引发想象的奇妙物事；在不满现实的情绪中，它更容易成为文学的催化剂。于是焦大的豪迈之情带着酒气喷涌而出："焦大太爷蹺蹺脚，比你的头还高呢！二十年头里的焦大太爷眼里有谁？"他把自己描绘成"焦大太爷"了；他最高的人生想象，显然已经超越了奴才身份。

没有获得安慰反而遭受镇压，焦大的酒后癫狂终于登峰造极。他不仅从总管骂到主子头上，甚至，他还把自己看成是贾府的伟大事业和光荣传统的维护者，宣称"我要往祠堂里哭太爷去"，把"爬灰""养小叔子"之类贾府爷儿们的风流隐私，一通乱嚷乱叫出来了。贾府的言论自由和宽容尺度岂能是无限的，一大堆马粪塞进焦大嘴里，彻底堵住了他的文学想象和批判激情。

在这场冲突里，应该说双方都有错误：贾府的主子以及管家过于低看了焦大，忽视了应该给予他的荣誉和待遇；焦大在酒精的影响下，过于高看了自己，破坏了身份等级的限制。人要相互理解，真是很难的呀！

不知道焦大酒醒过来，对所发生的一切做何感想。由于马粪和马尿气息相关，他或许会想起少年时代英勇救主的往事吧？他可能会懊悔，因为喝过马尿就把自己想象成大爷，结果塞了一嘴马粪。打嘴吧，该当！

有些问题需要澄清：其一，人们常对焦大被塞马粪感到非常冤屈，这是不对的。倘若不是有过喝马尿的光荣历史，他的狂悖行止，又岂是一堆马粪就能了结？其二，鲁迅翁猜想假使焦大能做文章,会有一篇《离骚》之类,这也是不对的。屈原是楚国的宗室,他有资格"往祠堂里哭太爷"。焦大却没有这个资格,他顶多学宋玉,写"悲哉秋之为气也"。

美总是脆薄易碎

贾宝玉说过一句很有特色的话："女儿是水做的骨肉，男人是泥做的骨肉。我见了女儿便清爽；见了男子便觉浊臭逼人。"这读上去很像是少年的痴狂之言，其实不尽如此。《红楼梦》是一部带有自传性质的小说，它对往事的回忆已不可能是单纯地再现旧日景象，这种体现着小说总体趣味的痴狂之言，已经融入了作者所有的人生经验和他对周围世界的重要认识。

小说故事展开的主要场所是世袭贵族贾家的府邸，这里的成年男性在社会中属于统治阶层，在家族中则是支配力量。以他们为主，构成了小说中所谓"男人"的世界。而府邸中因元妃省亲而建成的大观园，住着家族中的以及与贾家有各种不同关系的一群少女。以她们为主，构成了小说中"女儿"的世界。少年贾宝玉和姐妹们混住于园内，和两个世界同时发生关联。

我们看到贾府那些作为家族支柱的男性，有炼丹求仙的，有好色淫乱的，有安享尊荣的，有迂腐僵硬的，却没有一个胸怀大志、精明强干的。从小范围说，这意味着贾府骨子里的衰朽，而在大范围内，他们又是整个社会统治力量的缩影。"男人是泥做的骨肉"，在象征意味上表明社会的主导力量构成了污浊的世界，它使正在生长着的年轻的生命失去了意义与价值的依托。

贾宝玉作为家族中最重要的继承人，注定要被融入那个男性的成人世界。然而他却被描写成一个对成人世界的基本规则深恶痛绝的顽劣少年，这就造成他和那个"男人"世界的冲突。这种冲突也是有双重意义的：一方面，少年充满感性的生活注定要被成人世界的规则所破坏，人在成长的过程里因为进入社会规范的需要而不断丧失自我，这是人性的普遍处境。对此人们素来不以为有何异常，而曹雪芹深深感受到它的悲哀。另一方面，这种描写也表明作者对历史与文化的正统、对现存社会秩序的一种深刻的失望。简而言之就是——世界失去了意义。

那么，"女儿"的世界又意味着什么呢？

从故事本身来看，首先我们要注意到：以前八十回而论，《红楼梦》中贾宝玉的年龄是从十一二岁到十五六岁，所以把《红楼梦》简单地视为爱情小说不是很确切，它写的是一个性早熟而敏感的少年的特殊情感经历。少年对异性的爱慕，原本是充满幻想的，而幻想中的异性会显得格外美好而令人感动。

走出这种幻想原本是生命成长的必然。但是，当曹雪芹将宝玉的故事作为自身生命的投影来写出时，他的总结是：这个生命"风尘碌碌，一事无成"，毫无价值可言。因而"当日所有之女子"，她们的才华和美丽，成为人生经历中唯一珍贵的记忆。也就是说：一个价值迷失的生命在毫无意义的世界上还能存在，还能有所眷恋，仅仅是因为那些女性，她们才是照亮生命的光。因此我们在这位天才的笔下，看到对女性纯出天然的爱慕乃至虔敬，看到了从未有过的风姿绰约、光彩照人的少女群像。在文字的重构中追寻梦幻中的美，伤悼它的丧失，便成为《红楼梦》的基本意蕴，对于读者，这也是感动之源。

《红楼梦》的全部故事情节是随着贾府的衰败史展开的，而与此同时，贾宝玉的一切迷恋和梦想，那些女儿的美妙青春，也随着贾府的败落而被逐一地吞噬。《红楼梦》以非常强烈的态度指示给读者：美的东西都是脆薄易碎的。"女儿是水做的骨肉，男人是泥做的骨肉"，而女儿较之男人是脆弱的。便是在女儿群中，相比于薛宝钗，林黛玉是脆弱的；相比于袭人，晴雯是脆弱的；还有尤三姐，当她以一种堕落姿态放肆地与贾珍等人周旋时，她显得很强韧，而一旦真心实意爱上一个人，生命立刻崩碎……《红楼梦》充满了美的毁灭，这种毁灭昭示人们所生活的世界粗鄙而肮脏，它对于美的事物而言是悲剧舞台；但《红楼梦》却又充满了对美的怀想，这种执着的怀想在哀伤中表达着不能泯灭的人生渴望，它给人世留下了深长的感动。

薛宝钗的"冷"与"热"

薛宝钗是个冷美人。这"冷"首先在生理上有个奇异的解释:据说她有"从胎里带来的一股热毒",幸亏有位异人给了一种特别的方子,制成"冷香丸","发了时吃一丸就好"。《红楼梦》里神奇的事迹多有象征意味,我们由此可以明白薛姑娘的"热毒"和克制它的"冷香",另有精神性的内容。

在精神意义上,什么是"热毒"呢?生命欲望所引发的热情与激动,以及一切让人逸出礼教正轨的东西都是。第四十回写到在大观园的一次酒宴上,林黛玉行酒令,脱口说出《牡丹亭》和《西厢记》中的曲词——那是千金小姐不可接触的

"淫邪"之物。当时只有宝钗注意到了，事后她就把黛玉叫来好生教诲了一番。她以自身为例，说自己"也是个淘气的"，自小背着大人看不正经的书，《西厢》、《琵琶》及《元人百种》，无所不有。但通过学习儒家的妇德，终于明白了其中的危险："最怕见些杂书，移了性情，就不可救了。"这便是道德"冷香丸"克制青春"热毒"的生动例子，说得黛玉服服帖帖。

服了"冷香丸"是否就万无一失呢？也难。贾母给宝钗过生日，宝钗点了一出《鲁智深醉闹五台山》，宝玉不以为然，她便给他讲这出戏的好处，"只那词藻中有一支《寄生草》，填的极妙"，还念给他听："漫揾英雄泪，相离处士家。谢慈悲，剃度在莲台下。没缘法，转眼分离乍。赤条条，来去无牵挂。那里讨，烟蓑雨笠卷单行？一任俺，芒鞋破钵随缘化！"这固然不像《牡丹亭》之类不宜于女孩家口舌，却也是中国戏曲里有数的慷慨热烈的悲歌，居然是薛宝钗内心所爱。

但这只是一闪的情趣吧，终究薛姑娘是修炼成功了。《红楼梦》里对她独多赞美，而尤其集中在她的端庄贤淑，善于待人接物。贾府里各色人物钩心斗角，薛姑娘却能讨得从贾母到小丫鬟上上下下的欢心，就连品格卑琐、令人讨厌的赵姨娘，都夸她为人大方。相比起来，林黛玉是毛病很多的，孤高自许，口齿尖利，爱使小性儿，诸如此类，让人不喜欢，可薛宝钗简直就挑不出毛病——不过这也正是《红楼梦》用笔委曲之处：一个年轻女孩，为人周全仔细到挑不出毛病，难道不是很可疑的吗？

第三十二回由金钏自杀引出的情节，最能显示宝钗的"冷"。之前是贾宝玉跟丫头金钏儿胡乱调情，王夫人发现后一巴掌甩过去，怒骂"小娼妇"教坏了自己的宝贝儿子，随后将她撵走了。岂料金钏羞恼不忿，跳进了水井里。宝钗得知消息，立刻想到一条人命会对王夫人造成心理压力，马上送去一份安慰。她说的话大概有四层：一是说据她看来，金钏其实是因为"憨玩"而失脚落水。这是为王夫人找出一种无罪的可能。二是说即便金钏投水，不过说明她是"糊涂人"，不值得可惜。这是把责任推给死者，减轻王夫人的内疚。三是让王夫人给金钏家多些银两,"尽主仆之情"。这是用钱减去剩余的不安。四是因王夫人由于没有现成的新衣服送给金钏家作"妆裹"而为难,她便提出自己正好有两套,可以派上用处。这显出她对王夫人的体贴。这么一层层说下来,王夫人也就坦然了,这事儿得到很好的了结。

宝钗要劝慰自己的姨妈,也是分内之事。但真正让人吃惊的是:一个鲜活的生命无辜丧亡,对此负有责任的人,必然会在内心引发震撼、不安和某种程度的负罪感,而薛姑娘竟像一个心理学家,能如此冷静而有效地将王夫人从不安之中引导出来,回复到主子正常的生活。我们不知道她对金钏的死有没有一点点伤感,但至少,她绝不会因此增加王夫人内心的压力。很简单的道理:这对谁也没有实际的好处。

林黛玉和薛宝钗是一对形成性格对照的人物,自古以来,读者对她们有不同的喜好。林语堂说,一个中国人要是喜欢薛宝钗,他就是一个现实主义者,相反的,那就是一个理想主义者。要我说,其实还可以更简单：林黛玉是只合适谈恋爱的，薛宝钗才合适娶回家做老婆，她能够让你在庸俗的世界里获得一份充裕的生活。

沉醉湘云

《红楼梦》对主要的女性角色都有关于相貌的描写，很奇怪就是史湘云没有。张爱玲猜测是作者改稿时删了，没有在合适的地方补上，这多少有点道理。不过幸亏还有一句比拟之辞，"蜂腰猿背、鹤势螂形"，让人略可推想。她的样子大概是腰细腿长，肩宽臀丰——居然是现代模特的身材！

史湘云应该是健康状况很不错吧。她爱笑爱闹，慷慨豪爽，这和身体好是有关的。她又贪吃肉，说"腥膻大吃大嚼"，做起诗来才能"锦心绣口"，这也是生命力旺盛的表现。贵族小姐大多娇娇怯怯，含羞带涩，史湘云与众不同，格外招人喜爱。

《红楼梦》里写过一些唯美的场面,经常入画的,一是黛玉葬花,一是湘云醉卧芍药圃。葬花的场景凄凄切切,是林妹妹常有的调子,湘云和花在一起,却是热烈明肠。那是六十二回,她喝醉了酒,自在假山后头一块青石板凳上睡着了。众人去看她,只见她"业经香梦沉酣,四面芍药花飞了一身,满头脸衣襟上皆是红香散乱。手中的扇子在地下,也半被落花埋了,一群蜂蝶闹嚷嚷的围着。又用鲛帕包了一包芍药花瓣枕着"。众人将她推唤挽扶起来,她还在睡梦嘟嘟囔囔说酒令,"泉香酒洌,醉扶归"什么的。

还有一处写到湘云的睡态,是贾宝玉在黛玉房中所见,也是两人对照:那黛玉是"严严密密裹着一幅杏子红绫被",湘云呢,"却一把青丝,拖于枕畔;一幅桃红绸被,只齐胸盖着,衬着那一弯雪白的膀子,撂在被外,上面明显着两个金镯子"。

古代诗词向来喜欢写美丽的女性的睡态,这时女性之美成为一种赏玩的对象,漂亮的文辞中总是有程度不等的性暗示的内容,它给予作者、读者以心理的满足。《红楼梦》这些情节毫无疑问是从诗词的传统中转化过来的。但作者写史湘云是那样一个明媚鲜丽的女子，她就像春天的花朵一样纯任天然地绽放，令人不能生出亵渎的意念。这实在是《红楼梦》里特别动人的文笔。如果这些画面并非纯为虚构而和曹雪芹对往事故人的回忆有关，他在那一刻应该格外顾恋人生。

读书粗糙的人会想当然地认为，史湘云明快的性格源于其优越的生活条件，其实情形不是如此。她倒确实是生于"金陵世勋"史侯家，祖父是贾母的哥哥。但史湘云还在襁褓之中，父母就去世了，她是由袭封侯爵的叔叔抚养的。贾母因为怜惜她，常把她接到贾府来住。史家的情况在故事展开时到底怎么样，小说里没说，但无论如何不是很败落。然而湘云的二婶娘却是个刻薄的女人，为了省钱，她让湘云在家里做针线活，时常会做到三更。对她的用度，那位婶娘也扣得很紧。第三十七回写湘云想要在大观园诗社做东，薛宝钗就劝她："一个月通共那几串钱，你还不够盘缠呢！你婶子听见了，越发抱怨你了。"

还有个细节很有趣：第三十一回写史湘云到

贾府来，天热，却穿着很厚重的衣服。王夫人说："也没见穿上这些作什么？"史湘云回答："都是二婶娘叫穿的，谁愿意穿这些。"这是二婶娘为了在贾府那里充面子，表明史家对湘云是好的，不管天气怎样，也要让她穿给贾母她们看。而对湘云来说，这不是累赘的问题，它表明了她的生存状态有多么可笑。"富贵又何为？"湘云的判词劈头就这样写。那个富贵的家庭同她一点关系也没有。

跟幼年丧母的林黛玉相比，湘云从来就没有感受过父母之爱；作为大观园的"外来人"，她和贾母的关系也比不上黛玉亲近。可是当黛玉在那里敏感地哀叹"风刀霜剑严相逼"时，湘云却神采飞扬，废话连篇，自顾作乐。这并非是愚钝，而是既然无奈，莫若忘怀。

湘云的结局，大致是曾经有一场美满的婚姻，却很快守寡。作为预言的曲词说："这是尘寰中消长数应当，何必枉悲伤？"我们可以将这视为湘云本人的语气：生命处在不可知的"运数"之中，幸福是抓不住的东西，悲伤没有任何意义。因此，她宁可做一个快乐的宿命论者。

秦可卿之奇瑰

秦可卿是《红楼梦》中"金陵十二钗"之一，但她的故事到第十三回就结束了。而原来已经写成的内容，即"秦可卿淫丧天香楼"一节又被删削，其篇幅据脂评本批语说有"四五页"之多。删改之后，作者对怎样处理这个人物，似乎有些犹豫和矛盾，因此留下的内容多有闪烁不可解之处。

把小说文本提供的信息梳理一下，看看曹雪芹想要写而最终没有完成的秦可卿，究竟会是个什么样的人物，是很有意思的事情。

秦可卿美貌非凡。第五回借贾宝玉梦游警幻司的情节，用警幻仙姑的也名"可卿"的妹妹做她的象征，说她"鲜艳妩媚，有似乎宝钗，风流袅娜，则又如黛玉"。钗、黛是红楼两大女主角，相貌、风神有异，互为对照，而可卿能兼二人之美，不可思议。并且，她的美丽显然又极具魅惑力。第五回写还是个少男的贾宝玉，梦中由那位仙子引导成云雨之欢，第十三回写宝玉得知秦氏死讯，"只觉心中似戳了一刀的不忍，哇的一声，直喷出一口血来"，这些情节暗示秦可卿实是贾宝玉的性幻想对象。

秦可卿的性格，先借用阅历广而有见识的贾母的眼光来写出："贾母素知秦氏是个极妥当的人，生的袅娜纤巧，行事又温柔和平，乃重孙媳中第一个得意之人。"到秦可卿死后，小说又借普遍的舆论来描述她："那长一辈的想他素日孝顺，平一辈的想他素日和睦亲密，下一辈的想他素日慈爱。"甚至家中仆从老小也念她素日怜贫惜贱，为之悲号痛哭。总之，秦可卿温和善良，几乎得到所有人的喜爱或敬重。

秦可卿的智慧与见识，则是通过她在去世之际托梦给王熙凤的情节来呈现的。她警告凤姐，

"月满则亏，水满则溢"，赫赫扬扬将近百载的贾府将面临衰败的危机，因而提议"将祖茔附近多置田庄房舍地亩"，以备衰败后维持宗族的祭祀和家塾的运营，预设退路，以待再起。人们会想：若是王熙凤听从她的嘱托，或许贾府不致一败涂地吧？

倘若就是这些，读者会认为小说打算描绘一位贵族家庭中近乎完美的"冢妇"（嫡长子的正妻，对家族负有特殊责任）。然而，秦可卿却有另外的一面，就是溺乎"情"而至乎"淫"。这同前面所述及的美好形象，令人感觉到严重的冲突；无论在传统的道德观上，还是在普遍性的审美习惯上，都难以接受两者的并存。

秦可卿同公公贾珍有乱伦的孽情，小说中虽然改明写为暗示，但仍然非常明确。不仅贾珍在秦氏死后的奇特表现透露了这一点，第五回中关于可卿的判词，画着高楼上有一美人悬梁自尽，也是特意保留下来以指明真相的。当然，喜欢秦可卿的人会提出另一种疑问：贾珍是那样一个好色无耻之徒，秦可卿难道不会是被迫的吗？她的死,难道不是遭迫害而毁灭的悲剧?

但作者确实不是这样处理的。关于秦可卿的判词,在上述画面旁题有"情天情海幻情身,情既相逢必主淫"之句,这和被删的回目"秦可卿淫丧天香楼",都无法从被迫的意义去理解。还有更清楚的暗示,是第五回写宝玉至秦氏房中午睡,所见到的种种陈设,尽多牵连着奢华、浪漫、纵欲的故事传说:什么武则天的宝镜,赵飞燕跳舞的金盘,安禄山掷伤了太真乳的木瓜,寿昌公主的卧榻,同昌公主的联珠帐,一路铺排。《红楼梦》本以写实见长,但在这里,作者别有用心地背离了小说的写实品格。

这就是《红楼梦》。作者前所未有地试图写出性格中充满冲突因素的人物。他们的悲剧,既源于自身与社会力量的冲突,也源于内心的矛盾。而秦可卿在其中尤为显著。如果真正写成功,这会完全破坏中国文学的固有传统,其复杂程度大概近似于西方现代小说中的某种形象。但她被中途放弃了。这恐怕不只是因为"畸笏叟"(作者的一位长辈)的提议,而是考虑到自己的意图根本不能被读者理解和接受。放浪的尤三姐经高鹗的涂改变得"纯洁"了,对此,就连许多现代的评论者也认为改得好。所以曹雪芹要说:满纸荒唐言,谁解其中味?

刘姥姥意味无穷

刘姥姥是个"积年的老寡妇",跟着女儿在女婿家度日。她女婿叫王狗儿,外孙叫板儿,这一家人的名字就显得卑俗粗陋。王狗儿没什么本领,家中生计艰涩,连过冬的物事也办不下来,就只会喝闷酒,寻气恼,骂老婆——这就是刘姥姥的故事展开之前大致的交代。

然而这家人跟高贵豪华的贾府竟是有渊源的:早先王狗儿的祖父曾经是一个小小的京官,与贾府王夫人的父亲认识,同是姓王,便借着一处做官的机缘"连了宗",成了本家。天下姓王的太多,往上追溯十八代有个共同的祖宗也太平常。王夫人她爹为什么愿意跟王狗儿他爷爷连宗呢?因为对方虽只是"小小的京官",却像是走在往上的阶梯上,人要看得远。

结果两个姓王的,原本是豪族的那一边愈加飞黄腾达,到王夫人她哥王子腾已经做上了"京营节度使",小京官那一边半途跌落,到王狗儿就成了寻常农户,连日子都过不下来。这时候再一比,真所谓天差地别。

但是你再往后看,贾府终于也有败落的一天。按照脂评的提示,贾府被抄家之后,王熙凤进了大牢,她那宝贝女儿巧姐被人拐卖,流落烟花巷。那时是刘姥姥设法救回巧姐,让她和板儿结亲。一个贵门小姐嫁作农家妇,免不了井台纺车的劳作,但跟惨死牢狱的母亲相比,总还是幸运多了。这时候,你看到曾经连宗的两个王家,岂非"门当户对"起来?

阮籍诗说过的,"繁华有憔悴",刘禹锡诗写过的,"旧时王谢堂前燕,飞入寻常百姓家"。世间永远充满变化,而变化的机缘无从预料,这就是《红楼梦》深深喟叹的"无常"。

但"无常"演示为怎样的图景,总还有人自身的缘由。

当王狗儿在那里怨恨不休时，刘姥姥教训了他，有两句话："守多大的碗儿吃多大的饭"，"这长安城中遍地都是钱，只可惜没人会去拿罢了"。要知足认命，也要想方设法，这就是刘姥姥全部的人生哲学。

刘姥姥去贾府，是借着那一点几乎不相干的亲戚名义求得帮助。付出的代价，用脂评的话说就是"忍耻"。一个荒野村妇成为贾府富贵荣华的映衬，上上下下拿她插科打诨，取笑戏谑，连林黛玉也叫她"母蝗虫"。刘姥姥不能够在意这些，曲意逢迎，装疯卖傻，巧妙而圆滑地让他们的优越感得到满足。于是各得其所，皆大欢喜。在大观园里，这位七十五岁的老太太摔了一跤，不等别人扶她，自个一骨碌就爬起来了。贾母让丫头们给捶一捶腰，刘姥姥道："那一天不跌两下子，都要捶起来，还了得呢。"这是一种坚韧，使她能够承担命运的压迫而不至摧折。

而作为富贵之家，贾府的主子们百无聊赖，骄奢淫逸，肆无忌惮，成为毁灭的根由。在腐朽的路程中，当他们快乐地戏弄刘姥姥的时刻，有一种命运的嘲弄远浮在云端：世事无常，谁才是真正可笑的呢？

在刘姥姥的故事里，王熙凤的表现有些特别之处。这位凤姐素来强悍，作恶多端而毫无顾忌。但她在刘姥姥面前虽说免不了摆谱，却并不过分。是她首先帮衬了刘姥姥，后来又让这位贫苦而长寿的老妪给女儿取名："你贫苦人起个名字，只怕压得住他。"由于母爱，王熙凤此刻对生命的无常感受到畏惧，同时也微微低首，对贫苦人生命的力量表示出敬重。巧姐的判词说，"偶因济刘氏，巧得遇恩人"，正是由这一点善缘，留下了最终刘姥姥救助巧姐脱难的契机。

《红楼梦》十二支曲的最后一支，有一句总结性的曲词："好一似食尽鸟投林，落了片白茫茫大地真干净。"但并不是说，无常的生命只是纯粹的虚无。如果说女儿们美丽的身影犹如梦境，令人流连，刘姥姥坚韧的生命却像枯槁而不死的老树。也许当贾宝玉在雪地上走向虚幻的时候，刘姥姥正领着巧姐逃出风尘，回归乡村朴素简单的生活。这是"善"的结果，有刘姥姥的善，也有王熙凤的善。

贾珍的性情

《红楼梦》中宁国府、荣国府两房，宁府居长。宁府中辈分最高的贾敬只管炼丹修道，由他的儿子贾珍继承了世袭的爵位"三品威烈将军"，并成为合宁、荣两府的贾氏族长。所以贾府中的男性，以贾珍的地位最为显赫。这人年富力强，恣意妄为，又是贾府中第一等好色之徒，给人的印象很糟糕。

贾珍的故事写得最热闹的一节，是他为儿媳秦可卿办丧事。那秦可卿是个聪慧而讨合府上下喜欢的女子，也是少男贾宝玉梦中的性幻想对象，其美貌可想而知。她年纪轻轻就死了，婆婆尤氏说是旧病复发，自管休养，一事不问；丈夫贾蓉办些跑腿的杂务,却是心境平淡,无动于衷,光一个公公贾珍痛苦而激动,丧事的氛围甚为荒唐。

按照脂评所说,曹雪芹原稿有"秦可卿淫丧天香楼"一回,由于畸笏叟(他应该是作者的近亲)的反对而删除了,改写成闪烁暧昧的病亡。所谓"淫丧",相关的男方便是贾珍,他们之间存在乱伦的孽情,这是毫无疑问的。因为曹雪芹并没有把痕迹磨光,而是有意识地留下了许多线索。简单说,就是改明写为暗写。小说中有句话:"彼时合家皆知,无不纳罕,都有些疑心。"这表明秦氏因为孽情败露而自杀,是人所皆知的事情。不是连焦大都骂"爬灰的爬灰"吗?

爬灰并不是什么光荣业绩,值得到处炫耀。以常人的念头,既然另一方走了,把事情冷冷地处理掉,等待它在众人的记忆中淡化,不是对生者死者都好吗?然而贾珍却不,他的表现不只是高调,简直是夸张,让人一下子摸不着头脑。

先是贾氏宗族中一干人前来探望,"贾珍哭得泪人一般"。有公公这么哭儿媳的吗?所以脂批说他"如丧考妣"(其实这话说得并不准确,后面还写到贾敬的死,贾珍虽然也号哭一番,但并不伤心。在感情的分量上,老子比儿媳差远了)。接下来又对众人夸他的儿媳"比儿子还强十倍"。说起如何料理丧事,贾珍拍手道:"不过尽我所有罢了!"真是声色坦然,毫无顾忌。

而后是买棺木,看来看去都不中意,还是"呆霸王"薛蟠想起他们家藏着一副为某位亲王购置而因为他"坏了事"未能用上、常人也不敢问津的珍贵棺木,贾珍才算满意,欢喜而笑。这下面借着贾珍拒绝贾政的劝阻,作者又特意重重地点上一笔:"此时贾珍恨不能代秦氏之死,这话如何肯听?"珍大爷爱他的儿媳,居然到了痛不欲生的程度。

这还不够。为了丧仪上风光些,贾珍又特意花一千两银子为儿子贾蓉捐了个五品龙禁尉(贾蓉算是因老婆的死从父亲手里沾了光)。这还不够。为了把丧事办得体面而隆重,贾珍又从荣国府请来精明能干的王熙凤给他做总管,并告诉她"只要好看为上","爱怎么样就怎么样"。这地方写贾珍到荣府,因为过于悲痛,竟然要拄着拐杖而行!

至于大出殡的张扬奢华，小说有大段的描写，这里就不用说了。

让人摸不着头脑的是：贾珍到底在干什么？有人认为：这些情节表明他对秦可卿是有真感情的。这大概不错，至少小说是这样告诉我们的。如果有人认为"爬灰"不可能和"爱情"这样美好的词语联系在一起，那也是一种看法吧，我们没有时间来讨论。问题在于："有真感情"，就得如此夸张宣扬吗？

需要回到前面的提示：秦可卿因何而死，至少在贾府而言，是众人皆知的事情。她美丽的生命，是在羞辱（必然也有悔恨）中毁灭的，她的死是丧失名誉的死。如果强加掩饰，装作与己无干的嘴脸，就是将羞辱和不名誉归于她一人。所以贾珍一定要做得"好看"，实际上就是以无言的方式宣告：这个美丽的女人属于他。这里有一种贵族气的荒唐与狂妄——谁愿意怎么看就怎么看吧，老子不在乎！也有一种对于罪恶的担当——既然做了，又何必躲呢？无论如何，在他心里，这对秦可卿算是一个交代吧。

我完全不打算为贾珍做任何辩护。他是个无耻之徒,有性情也改变不了这一点。但他是个有担当的坏人,就为这,可以拍案喝一声:"好你个无耻的家伙!"

贾宝玉的婚事

贾宝玉与林黛玉、薛宝钗三人错综的感情关系，构成了《红楼梦》故事的一条中心线。后来他们怎么了，曹雪芹没有写完——或者写了没有传下来，这当然要引起人们好奇的猜测。高鹗续书给出一个非常戏剧化的结局，就是所谓"调包计"，拿宝姐姐顶替林妹妹，蒙骗正在发病痴狂的宝玉成婚，黛玉悲愤身亡。

这个情节对于用小说解闷的市井读者而言，也许很过瘾，又特别适合舞台演出，但对于一部伟大的小说来说，实在是狗尾续貂，荒唐不堪。它不仅违背原著的情节设计，而且根本违背相关人物的性格、身份，破坏了人物形象的完整性。

照高鹗的写法,"调包计"是在贾母的赞同下,由王熙凤设计和导演的。但仔细读前八十回,不难发现,黛玉的母亲贾敏原是贾老太太十分宠爱的女儿,贾敏死后,黛玉被接到贾府,"贾母万般怜爱",在她身上贯注了双倍的情感。由于宝玉和黛玉自幼在一起生活,"二人之亲密友爱处,亦自较别个不同",众人也就把他们看成是合适的一对。第二十五回写凤姐借"下茶"当着贾母等人的面打趣黛玉,说:"你既吃了我们家的茶,怎么还不给我们家作媳妇?"虽是玩笑,但以王熙凤的精明,她至少知道这不违背贾母的心意。

当然,很难依据这些片段证明贾母立意让宝玉和黛玉结为夫妇。但无论如何,一个孙子,一个外孙女,是老太太心头的一对宝贝疙瘩,她怎么可能亲手把他们给掐死?况且,以贾府这样的世家大族,以贾母这样的阅历广有见识的老太君,怎么能够容忍以骗局的方式缔结一桩重要的婚姻?那也太儿戏了!

更严重的问题在薛宝钗一边。她虽是女孩,

却是薛家唯一能够明察大事、拿定主意的人，其性情庄重矜持，对人不肯轻易附和。尽管婚姻不能完全自主，但她怎么可能接受以"调包"冒充旁人的方式出嫁？一点面子、一点尊严都没有，把自己硬贴到贾宝玉身上，这还是薛宝钗吗？

按原著的设计，贾宝玉和薛宝钗最后是结了婚的，这在第二十一回的脂砚斋批语中已经点明："宝玉有此世人莫忍为之毒，故后文方有'悬崖撒手'一回，若他人得宝钗之妻、麝月之婢，岂能弃而成僧哉？"这话的意思是：宝玉为人有他特别心狠的一面。若是一般人，有宝钗这样美貌而贤惠的妻、麝月这样温顺的婢妾，怎么也下不了狠心出家当和尚。问题是：当他们成婚的时候，林黛玉怎么了？

黛玉应该是在这以前已经去世。从小说一开始，林黛玉的前身"绛珠仙子"说要将"一生所有的眼泪还他"，点明宝、黛的恋情有一个悲切的宿命。第十九回写元妃省亲时点了《牡丹亭》的一出《离魂》，脂批说"《牡丹亭》中伏黛玉死"，更值得注意。以《离魂》的情节和氛围来推测，黛玉当是在与宝玉相隔绝的状态下，苦苦思恋，自哀自伤，又加病体难支，终于悲痛而绝。可能那时贾府已经发生了大变故，宝玉正处在危难境地。

林黛玉死了，娶回薛宝钗，生活也算是有一种新的改变，可贾宝玉为什么终了还要"悬崖撒手"呢？这大抵是因为婚后黛玉和宝钗的对比越来越鲜明。宝玉和黛玉之间有一种诗意的爱情，这种爱情越是不能在现实中完成，就越是显得美丽和引人入迷。而宝钗本来就比较实际，知道人不能在诗中生活，不能不讲求"仕途经济"。这就导致贾宝玉"空对着，山中高士晶莹雪，终不忘，世外仙姝寂寞林"（第五回中关于薛宝钗的预言性的曲词）。这种生活对双方来说都是无法长久忍受的，只能说：走吧，走向你的空虚！

从前小说、戏曲中的爱情故事，其发生的缘由往往只是浮泛的"郎才女貌"，而《红楼梦》写贾宝玉和林黛玉的感情，则是基于共同的人生志趣和深刻的心灵感应，它因此显得格外强韧。无论是命运的打击，还是幸福的诱惑，都不能让它被遗忘。关于这个爱情故事的结局,我们可以推测其隐约的概略,但曹雪芹究竟会怎样写呢,那就像著名的断臂维纳斯雕像,任谁也是补不成的。

卑微的爱情

贾府里四位小姐：元春、迎春、探春、惜春，各有一名贴身丫头，曰：抱琴、司棋、侍书、入画，合起来正是风雅十足的"琴棋书画"。她们的身份高于普通丫鬟，有时被称作"副小姐"。

四人中只司棋有比较完整的故事，却是性情粗悍，与她的名字不对味；书中描写她的长相，谓之"品貌风流，高大丰壮"，传递的信息也和大观园里女儿们一派温婉柔和之风异趣。

司棋的出场戏在第六十一回，她派小丫头莲儿去大观园小厨房"要碗鸡蛋，炖的嫩嫩的"，厨房主管"柳家的"看人下菜碟，大致是因为二小姐本身懦弱，从她那里没有多少好处可得，而司棋总不过是个"副小姐",却要拿派头给厨房增添额外的麻烦,此风断不可长,因此对这一碗鸡蛋生出无穷尽的言辞加以推托和数落。于是司棋被惹火了,带两个小丫头径直到厨房来一通乱砸乱掷,宣称"大家赚不成"。这个情节是大观园的阴影部分,它表明在公子小姐们诗酒风雅的背后,卑微的人们有他们庸俗的生活和围绕琐屑利益的斗争。而在这段故事里,司棋就算不致令人厌恶,至少也是不让人喜欢。

到了第七十一回,司棋的故事以意外的方式进入高潮:她和做小厮的表弟在大观园里偷情,被鸳鸯无意撞破。那光景是"微月半天",地方在"一湖山石后大桂树"下,情态呢也到了"山盟海誓""无限风情",真是有几分《牡丹亭》的味道了。可是,大观园是他们的吗?这世界,主子老爷们尽可胡作非为,公子小姐们也无妨缠绵风流,却又哪能容得丫鬟和小厮欢娱成双!依照贾府的规矩,其结果不只是蒙羞被辱,而且性命可忧。所以两人吓得魂飞魄散,对着鸳鸯下跪叩头不止。虽然鸳鸯已经答允绝不向人说,事后司棋还是"恹恹的成了大病"。

司棋那表弟有个好听的名字，唤作"潘又安"。旧小说惯用"貌似潘安"形容风流才子，曹雪芹借用来做一个调侃。这位小情郎当夜逃跑了，从此声息皆无，光留着司棋在危险与惊恐中挣扎。

然而可怪的是，到了第七十四回抄检大观园，却又从司棋的箱子里搜出潘又安的赠物和提议到大观园幽会的情书来，被王熙凤笑嘻嘻地当众读了一遍。其实前面已经交代，当司棋得知情人逃遁时，思道："纵使闹了出来，也该死在一处。他自为是男人，先就走了，可见是个没情意的。"既知如此，还留着那些危险的物证做甚？想象还会有破镜重圆、柳暗花明的一日，也未免太浪漫了一些，这不符合司棋泼辣而实际的性格。只是那些物品代表着卑微的生命中一段狂热的梦想和冒险，令人时时自伤，不忍毁弃而已。

再回头看，忽然想到：整部《红楼梦》里，向往自由的爱情的人并不少，但敢于冒险践行、尝试一夕之欢的例子，却只有司棋和她的潘郎。我在论及《聊斋》的《绿衣》一篇时，曾经这样说："一个微弱的生命被强暴的外力所窥伺着，却不顾危险，仍然要获得哪怕短暂的欢爱。在这缥缈的故事中，哀伤的诗意令人难忘。"(《简明中国文学史》)司棋虽然长得"高大丰壮"，但在她的处境里，也只是个微弱的生命。不过，和《聊斋》的诗意不同，她的幽会没有达成欢爱就被人意外地撞碎了，她的情郎也不打算同她"死在一处"，跑得影踪皆无；最终她是孤零零地站在冷酷世界面前，任羞辱如黑色的风雨肆意地吹袭。

"凤姐见司棋低头不语，也并无畏惧惭愧之意，倒觉可异。"《红楼梦》中这一节描写很引人注目。这是说司棋很刚强吗？不尽然。当初她在鸳鸯面前是表现得很软弱而且十分可怜的。不同的是，如今她一丝希望也没有。常说"无欲则刚"，其实无望的人才是最刚强的。

高鹗续写的后四十回中，对司棋的故事又做了些编织：潘又安回来了，说要娶司棋，可她妈坚决不同意。司棋宣称女人当从一而终，一头撞死在墙上，成了"烈女"，潘又安也用小刀自刎，成了殉情者。这些情节想象力平庸，趣味也低，没有什么意思，算是给个结尾罢了。

妙玉的隐秘

解读《红楼梦》，新旧"索隐派"的方法是把曹雪芹当作地下党，把小说文本当作密电码，说得神乎其神，莫名其妙。

《红楼梦》确实有些隐晦之处，这或是因为作者有所忌讳，或者是故为闪烁，用暗示的方法来表达。此类情况通过仔细阅读，依赖常识和逻辑进行解析，可以得其大端，不能尽则存疑而已，不需奇特的手段。妙玉的故事即是一例。

妙玉出场在第十八回。贾府为迎元妃省亲而造大观园，园中建有栊翠庵，是一个点缀。为此聘买了十个小尼姑、小道姑，又请来一位庵主，便是妙玉。她的情形，借林之孝家的向王夫人回事的情节做了交代：本是苏州人氏，祖上也是读书仕宦之家，因为多病，只好入了空门，带发修行，后随师父来京。如今父母俱亡，师父圆寂。如此说来，妙玉不过是独自漂泊在外的一名女尼，虽说贾府念其出身宦门而给予礼遇，但说到底只是借她装点风景而已，身份应该是相当低微。

然而第四十一回写贾母领着一群人游庵，妙玉奉茶，却有令人吃惊的细节：给贾母用的，是一个"成窑五彩小盖钟"；给宝钗用的，叫作"𤫫𤨉"，上镌有"晋王恺珍玩"和"宋元丰五年四月眉山苏轼见于秘府"两行小字，表明它是曾经为皇家所收藏的古玩珍器；给黛玉用的叫作"杏犀䀉"，是用犀牛角制作的贵重之物；宝玉说给他用的"绿玉斗"是个俗器，被妙玉抢白道："只怕你家里未必找得出这么一个俗器来呢！"

这一段描写与第五回写宝玉在秦可卿房中所见之物属同样笔法，是用带神秘气息的夸张暗示主人公的某种特点。它让人感觉到，妙玉的家庭非同小可，若非王公贵族，至少也是巨室。脂批说，"妙卿家世非凡"，他知道其中的暗示？

这样问题就来了：如此人家，就算父母俱亡，又怎能让他们的小姐以出家人身份流落异乡、寄人篱下？唯一可以成立的解释是这一家庭甚至是整个家族已经彻底败落；而大族巨室在短时间内败落到不可收拾的程度，唯一可能的原因是突发的政治变故。所以，曹雪芹给出的暗示其实并不是很含糊。进一步说，写妙玉因病而入空门，恐亦是故为闪烁之辞。她恐怕是"遁入空门"吧？中国古代社会的习惯，政治上的失败者到此一步，表明与世间的纠葛已然了结。何况一个女子，危险有限，仇家或者政敌也就任由她燃青灯诵黄卷去了。至于贾府收留妙玉有没有特别原因，就不好猜测了。

回头还说茶具，那个给贾母用的明成化官窑五彩茶盅乃是名贵之物（放在今天拍卖至少在千万元以上），但妙玉只因刘姥姥也拿它喝了一口，便吩咐将它丢弃了，这个细节用来凸显妙玉的洁癖，而咏"金陵十二钗"的曲子中关于妙玉的一首，也特别强调她"过洁世同嫌"。过度的洁癖是常见的心理病症，而最常见的原因则是由于环境的压迫造成的内心紧张：它是排拒，又是恐惧。妙玉的另一个性格特点是孤傲。贾府的姑娘中，她只跟邢岫烟较为亲密，这不仅因为两人早有交往，还因为岫烟穷，在她面前也不占多少优势，对其他人她一律抱着警戒。这种孤傲也无非是唯恐被人轻亵而采取的自我保护姿态，它的背后是自卑。那个美丽、高洁，自称"槛外人"的女子，内心中有许多的心理冲突。

我们知道曹雪芹便是出身于因政治原因遽然败落的贵宦人家。也许久历人世沧桑之后撰作《红楼梦》时，心境已经超旷。但回首往事，自身和家族中人中在坠落的过程中曾经有过的疑惧与痛楚，以及维护尊严的艰难，又岂能轻易忘记。《红楼梦》"金陵十二钗"中，安置妙玉这样一个与贾府完全没有亲缘关系的女子，是一种特意的设计。而妙玉最终的命运之凄厉与不堪，更是令人凛然震惊，这里就来不及说了。

妙玉的结局

《红楼梦》留下一个未完成的文本。对高鹗续作的后四十回,多数读者感到不满意,因此小说中人物最终结局如何,引起各种各样的推测。

第五回写宝玉梦游太虚幻境,见到一本"金陵十二钗正册",对十二名女子的命运有隐约的暗示。关于妙玉,象征性的画面是"一块美玉,落在泥垢之中",判词是:"欲洁何曾洁,云空未必空。可怜金玉质,终陷淖泥中。"还有一支曲子,说她"到头来依旧是风尘肮脏违心愿,好一似无瑕白玉遭泥陷,又何须王孙公子叹无缘"。这里再三强调妙玉陷于泥垢,不是指一般意义上的蒙受灾难,而是明显地预示她遭到不堪的玷污而忍辱偷生,其命运极为悲惨。

对于这一预设的结局,高鹗在续写的故事中演绎为如下的情节:当贾府势败、陷入混乱之际,一伙贼人潜入妙玉居处,将她用闷香熏倒后劫走:"……哪知那个人把刀插在背后,腾出手来将妙玉轻轻的抱起,轻薄了一会子,便拖起背在身上。此时妙玉心中只是如醉如痴。可怜一个极洁极净的女儿,被这强盗的闷香熏住,由着他掇弄了去了。"最终"不知妙玉被劫或是甘受污辱,还是不屈而死,不知下落,也难妄拟"(第一百一十二回)。这样闪烁的写法,带着进一步的暗示,而旧小说用"风尘"来说女子的境遇时,大多是指妓馆,所以不少人认为妙玉最后成了妓女。

高鹗续书的情节当然很难完全符合原书的设计,但他确实是按照作者暗示的方向去写的。而有些研究者对上述演绎十分反感。周汝昌先生认为:"风尘"应该是泛指俗世,"肮脏"则应按古意来理解,读为kǎngzǎng,是高亢而刚直的样子。风尘肮脏,是说妙玉在尘世扰攘中依旧不屈不阿。这是不忍见妙玉承受污秽。但如此解说，在上下文中显得突兀不顺，况且，既然能保持高亢刚直，又何须忍辱而生？周先生所说并不妥当。

在《红楼梦》抄本上做批注的"脂砚斋"知道小说的整体概貌，有一条脂批说及妙玉的结局，云："他日瓜洲渡口，各示劝惩，红颜固不能不屈从枯骨，岂不哀哉！"这和高续情节不同。回顾前八十回的故事，妙玉本是苏州人，师父带她去京城，临终时还特别告诫她"不宜还乡"，这里面显然隐藏着一些东西。我以为妙玉的家庭是因为政治原因而突然败落的，南方存在对于她而言是危险的因素。但不知何故，妙玉在贾府衰乱后还是南归了，结果在扬州的瓜洲渡落入他人之手，不得不"屈从枯骨"——这可能是指她嫁给了仇家的一个老头子做妾。这样来看，高鹗设计的情节未免落入俗套——美貌尼姑被贼人劫走，这种故事也太陈旧了些，不是有才气的写法。

《红楼梦》有很多令人惊悚的地方，妙玉的故事是其中之一。很多人说到妙玉的洁癖和孤傲，认为这是因为她出身仕宦之家，又"心性高洁"，对她大加赞赏。这样来理解曹雪芹，恐怕是浅薄了一些。我们在小说中不难看出，妙玉在贾府其实是寄人篱下，她已经不能够依赖自己的家族。作为巨宦之家的小姐，这种日子是非常难过的。好洁成癖，孤傲到近乎矫情，其实是她感受到外界压迫时出现的心理病症，也是她在已经失去了固有的社会身份之后，在虚空里想要抓住什么东西，使自己不至于坠入深渊的努力。而可悲的是：悲惨的命运一旦笼罩到你身上，往往愈是挣扎，它就卷缚得愈紧。在小说中，妙玉的高洁、孤傲，其实是和她最后陷入"泥垢"相对照的东西，是为了更凸显命运的狰狞与粗暴。

为什么不能够一死了之？刘心武猜测妙玉是为了解救宝玉等人，而以自己为牺牲。这是好意吧，如此，则妙玉的"金玉之质"仍然好看。但这终究没有什么依据。我们无法知道妙玉最终忍辱偷生的真实缘由，我们只知道她的生命苦苦以诗意为装饰而终究陷于污秽，这污秽远比诗意强大。

《红楼梦》设计了巨大的悲剧。它最终未能

写完，根本原因，恐怕是这种悲剧的力量已经威胁到作者的心理平衡，也远远超出那个时代读者的承受能力，需要一个高鹗把故事调整到平庸的水准。

改革者贾探春

大观园的女孩儿日常以琴棋书画、诗词歌赋之类打发时光,于世间俗事关心很少。只有贾家三小姐探春是个例外,她不甘于"待字闺中"的生涯,曾经慷慨地宣称:"我但凡是个男人,可以出得去,我必早走了,立一番事业,那时自有我一番道理!"你可以想象,若是在现代社会,她会成为一个女强人。

最能体现探春的才能与性格的故事发生在第五十五和第七十四回。

第五十五回说凤姐因病不能管事,探春与李纨、宝钗受王夫人之命暂时代理家务。这本来不是长期期的任命,完全可以敷衍过去的,但探春不仅借机建树了自己的威望，还有意识地"兴利除宿弊"，先是蠲免了几位公子以上学为名义领用的零花钱，而后又蠲免了诸位小姐每月置办头油和粉的二两银子，因为这些开销都是重复支出而且名不副实。还有一项重大举措，是把大观园各处花园林圃分派专人管理，所产生的经济收益，除部分上交，全归管理者所有。此项新政策正式出台时，大观园的婆子们无不为之欢喜雀跃，做事也都格外用心起来。用现在的话来说，这就是一种责任承包制。

探春理财的直接效益是一年少支出数百两银子。贾府是贵族豪门，节省这点银钱其实也无多大用处。但它正处于颓败的运势，经济上也日渐捉襟见肘，像探春小姐那样，意识到"一个破荷叶，一根枯草根子，都是值钱的"，是必要的警戒和积极的态度。所以曹雪芹会不惜笔墨，细细描述这一场短暂的经济改革过程。

第七十四回写抄捡大观园。这本是荣国府长房与二房之间的矛盾借一个春宫"绣春囊"的由头而发作的结果，由此造成的一派混乱、乖谬气氛，却更深刻地显示了这一大家族由于缺乏有能力有远见的人物，而走向"自杀自灭"的内在危机。正是意识到这一点，探春的表现才格外愤慨和激烈。

在到达探春住处时，前面已经抄捡了六处，诸人都是无奈地接受，三小姐却是"命众丫头剪烛开门而待"，摆出慨然迎敌的架势。抄捡的对象本来是奴婢们，她却宣称："我的东西倒许你们搜阅，要想搜我的丫头，这却不能。我原比众人歹毒，凡丫头所有的东西我都知道，都在我这里间收着。"当王善保家的装腔作势拉起探春的衣襟时，她更是一个响耳光甩过去，痛骂这"狗仗人势"的奴才。

在整个第七十四回的故事中，晴雯和探春的表现最具光彩。作为丫鬟，晴雯的反抗是为了维护自己的尊严，而作为小姐，探春的强硬则是想要告诉那些昏聩的查抄者，一个书礼贵族之家不能出现如此丑恶的情形，她的行动带有很强的"政治"意味。所以在说到这么"自杀自灭"，真会有被抄家的一日时，探春禁不住流下了眼泪。

虽然在传统上,"女子无才便是德"是基本的教条,但贵族之家的女性因为接受了较好的教育,有的也会具备优秀的政治识见和才能。在《世说新价语》中,可以读到不少这样的故事。譬如许允在魏晋之际官至领军将军,是一位重要的政治人物,但在遭遇政治危机时,反而是他的夫人阮氏看得更明白,教给他恰当的应对方法。由于《红楼梦》并未完整传世,我们无法知道探春后来的故事。但曹雪芹对这位三小姐赋予了极高的关注是毫无疑问的,她应该还有另外的表现机会。有一条脂砚斋批语说:"使此人不远去,将来事败,诸子孙不至流散也,悲哉伤哉!"意思是如果不是探春远嫁,在贾家遭遇灭顶之灾时,她竟然能够使事态不至于极端恶化。这位"脂砚斋"是了解全书情节设计的,从这里也可以看到贾探春的非同寻常之处。

然而在《红楼梦》中,每个人物的毁灭过程,却又是针对其特质而形成的,这造成了小说极深刻的悲剧意味。探春的结局,是孤身远嫁到海外(高鹗续书写成嫁到广东一带),与家人永远分离。

所以无论她有什么样的才能,都无法拯救贾府的颓败。对她的判词说:"才自精明志自高,生于末世运偏消。"这"末世"二字,恐怕不只是从贾府来说的吧。

探春和她妈

贾探春的妈唤作赵姨娘,她和弟弟赵国基都是贾府里的家生奴,后被贾政纳为妾,生下一儿一女,便是探春与贾环。

要问谁是《红楼梦》中第一号讨人嫌的角色,人们十之八九会想到赵姨娘吧。这人愚昧、颠顸、粗鄙,只要她一出现,便是眼泪鼻涕伴着鸡飞狗跳,十分上不得台面。而且虽然本领有限,有时心却足够歹毒。她花钱让马道婆作法,暗害王熙凤和贾宝玉,构成了小说中的一场大戏。

《红楼梦》的人物形象,常常形成彼此对照、互映衬的关系。贾政外表最为端谨庄肃,甚而至于峻刻,却喜欢这么一个女人,让不少人感觉他的品位有问题。大概,赵姨娘可以算是贾政某一部分人格内涵的影子吧。"闺房之内,有甚于画眉者",这两位私下的恩爱与怨恨,想象起来有一种很怪诞的味道。

那么探春呢?不仅"俊眼修眉,顾盼神飞",而且"文采精华,见之忘俗"。她自取号为"蕉下客"带着一种男性风格的诗意;她的精明能干,临事有决断,非唯大观园女儿群中无人可比,就连玲珑剔透的王熙凤也逊让三分。人言"槽头买马看母子",探春和她妈简直相差得天遥地远。

然而这里也是一种深有意味的对照。

中国古代贵族家庭中有一种规矩是现代人很难理解的:一个奴婢被纳为妾以后,虽然就像《红楼梦》里屡屡说到的那样,被视为"半个主子",其法定身份却依然是奴婢,而她们生下的儿女,反是主子身份。所以妾所生子女,在宗法关系上是以父亲的正夫人为母亲的,他们与生母之间,却隐然存在着主奴之别。至于在亲缘关系上是舅舅而身份是奴才的赵国基,见到外甥贾环要站起来说话,那更是理所当然了。

一个奴婢被纳为妾之后,如果生育下子女,这会使她在家族中的地位发生重要变化——所谓"母以子贵"。她的子女(尤其儿子)愈是有出息,她的身份就愈有可能被抬高。问题是这需要有远见、有耐心,需要尽可能避免家族内部嫡庶两支间的冲突,耐心培育子女成材,等待最终的收获。

而在另一面,妾所生——所谓的"庶出"的子女,则面对着父系血统高贵而母系血统卑贱这种冷酷的矛盾,他们不管内心对亲生母亲的情感如何,都会尽量突出前者而淡化后者,这是维护自我尊严的需要,也是现实利益的需要。赵姨娘的两个孩子,贾环深受母亲的熏染,养成了胆怯、猥琐的小气相,而探春则尽一切可能要摆脱母亲的阴影,她比任何人都更为强调自己作为诗礼贵族之家小姐的身份,就连她的闺房,也刻意布置出一派风雅气氛。

赵姨娘是粗蠢而毫无耐心的,她希图凭借为贾家生儿育女的功劳立刻换取现实的利益,包括在丫鬟们面前唾沫横飞,摆谱充"主子",也包括一切针头线脑的好处，这就需要经常将一对儿女抬出来说事。但对探春而言，那正是避之不及的苦恼。

那一回赵国基死了，正逢探春临时代王熙凤主持家政。为了表明自己公正无私，她严格按照成规赏银二十两。这招来赵姨娘一场大闹："如今你舅舅死了，你多给了二三十两银子，难道太太就不依你？（你）如今没有长羽毛，就忘了根本，只拣高枝儿飞去了！"把探春气得脸白气噎，连声责问："谁是我舅舅？我舅舅年下才升了九省检点（这是指王夫人的兄长王子腾），那里又跑出个舅舅来？"这话听上去十分冷酷无情，但作为贾府的三小姐，有个奴才舅舅，私下说说也就罢了，必要大庭广众嚷个不休吗？她是姨娘生的不错，可是为什么"必要过两三个月寻出由头来，彻底来翻腾一阵，生怕人不知道，故意的表白表白"？

贾政还有一名妾是周姨娘，为人平和收敛，从不惹事，贾府中人常拿她和赵姨娘相比。但周姨娘没生过孩子，那是根本不同的。就像探春处处要表现得高贵风雅是对命运的反抗，从赵姨娘来说，她那种粗蠢的混闹、歹毒的阴谋，也是她可能的反抗命运的方式。而说到底，所谓"反抗命运"，也仍然是命运。

唐伯虎与林黛玉

许多年前为香港中华书局写一本名为"纵放悲歌"的小书，漫谈明中叶江南才士诗，在《唐伯虎全集》中读到附录的唐寅逸事，有一条说：

> 唐子畏居桃花庵，轩前庭半亩，多种牡丹花，开时邀文徵仲、祝枝山赋诗浮白其下，弥朝浃夕。有时大叫恸哭。至花落，遣小僮一一细拾，盛以锦囊，葬于药栏东畔，作《落花诗》送之。

由此想起《红楼梦》的情节。第二十三回写贾宝玉在大观园沁芳闸桥下读《西厢记》，见落红遍地，怕被人践踏，便捧来抖在水池中。一会儿林黛玉亦来扫花，说撂在水中不好，流出去，人家脏的臭的往水中倒，仍把花糟蹋了。不如扫起来装在绢袋里，埋入土中，日久随土而化，方是干净。此后又写黛玉与宝玉发生误会，怨气无发泄处，"勾起伤春愁思，因把些残花落瓣去掩埋，由不得感花伤己"，哭着吟出一首《葬花吟》。

黛玉葬花故事与唐伯虎逸事相似程度甚高。哭花、葬花、感花伤己而作诗，甚至唐寅葬花用锦囊，黛玉葬花用绢袋，全是一样。拿诗来比照，情调乃至语言相似之处更多。曹雪芹显然是有意将唐伯虎的故事和他的诗意加以脱化改造，写进了自己的小说（我当时还以为这是自己的新发现，后来才知道俞平伯先生早已注意到这一点）。

唐寅《落花诗》有三十首之多。伤花惜春本是中国古代文学的常调，但恸哭而葬花，诗非要写到淋漓尽致方肯罢手，便多少有点异乎寻常。这种情调转化到《红楼梦》中，也不仅是对前人的效仿，两者之间有一种更深的联系，这就是时代的伤感气氛。强烈的、普遍的伤感情绪，通常既不会出现在思想统治很有效，人的个性变得麻木的时代，也不会出现在新的社会力量具有充分自信的时代，而只是出现在个性已经觉醒，却无法与旧势力对抗、看不到出路的时代。明清两代都有这样的特点。特别是，清乾隆时代以曹雪芹、袁枚为代表的文学思潮，实际是明中后期文学思潮于明末清初一度遭受挫折以后再度复兴的表现。从这一点来说，《红楼梦》重复唐寅行事，很有象征意味。

《落花诗》的主调是哀伤美的凋残陨落。娇艳的春花，美好的容颜，青春的生命，一切曾经充满活力的存在，都会被无情的外在力量所摧毁。不仅如此，这种毁灭还常常伴着难堪的污辱，其七"绝缨不见偷香掾，堕溷翻成逐臭夫"，便是这意思。再以其二十二为例：

> 花落花开总属春，开时休羡落休嗔。好知青草骷髅冢，就是红楼掩面人。山屐已教休泛腊，柴车从此不须巾。仙尘佛劫同时尽，坠处何须论厕茵？

春去难留，落英无数；今日红楼少女，明日青冢枯骨。不但是生命自然的凋谢，为命运所拨弄的人们，也无法把握自己，就像枝头的鲜花，坠茵落溷，一任清风了。值得注意的是这里出现的"红楼"二字，它和《红楼梦》的书名是否有点关系？

黛玉《葬花吟》"明媚鲜妍能几时，一朝飘泊难寻觅"，"试看春残花渐落，便是红颜老死时"，同样表现着哀伤美好事物凋残陨落的基调。根本上，整部《红楼梦》就是一支以此为基调的哀歌。按照从脂批所见曹雪芹的写作原意，十二钗、大观园、荣宁二府、四大家族、金玉良缘、宝黛深情，无不一一走向破灭，只"落了片白茫茫大地真干净"。

如果美好的东西终将毁灭，便只能祈愿这毁灭的过程不至于肮脏。所以唐寅诗叹息花坠粪池，而黛玉不愿宝玉把落花撂入池中，怕花儿随水流到有人家的地方，"脏的臭的混倒"。说《红楼梦》有强烈的政治批判意识，恐怕是自说自话。它只是于哀悼中追恋着美。

面对美好事物的毁灭而无可奈何，往往就带来寂寞的心境。《落花诗》中反复渲染这一种心境，黛玉《葬花吟》也一再吟唱独对黄昏冷雨的落寞。其实，曹雪芹安排黛玉住"潇湘馆"，就是深有意味的。"潇湘夜雨"在中国文艺中从来就是萧索凄凉的诗情或画意。曹雪芹自己写作《红楼梦》的过程中，也是深感人生寂寞，所以他自题一绝："满纸荒唐言，一把辛酸泪！都云作者痴，谁解其中味？"

王熙凤不识字？

《红楼梦》里说王熙凤，粗粗的感觉好像文盲似的。譬如第二十八回，写到王熙凤让宝玉帮她记录了一笔无头账，显然那些"妆缎""蟒缎"之类，她自己写不清楚。又在第五十五回，王熙凤将自己与探春做对比，认为探春"知书识字，更利害一层"，那么她自己就不在"知书识字"之列了。

不过细细看她还是认识一些字的。第七十四回写抄检大观园，在丫鬟司棋那里抄出她表弟潘又安给她的情书，小说特地交代道："因凤姐管理家事，每每看开的帖子并账目，也颇识得几个字了。"然后是凤姐儿将它笑嘻嘻念了一遍。不过那情书实浅白，再文雅一点，由账册启蒙的王熙凤真是未必念得明白。

这些细节集中起来看，可以肯定王熙凤没有正经读过书，大致就认识一些日常生活的用字，还不能写。《红楼梦》中的贵门女子，几乎全都翩翩风雅，来得琴棋书画，搁一个近乎文盲的王熙凤在里面，真是有点"卓尔不群"。

王熙凤为什么会是这样的呢？一方面，这可能跟小说的写实性格有关。《红楼梦》在一定程度上带有自传的色彩。而曹雪芹是汉军旗人，旗人重军功，有些家族确实在文化方面态度很马虎。可以推想在曹雪芹的亲戚或亲密的社会关系中，就存在相似的情况。再从小说中来看，其实不仅王熙凤，同出于王门的王夫人、薛姨妈，都不像有多少文化修养的样子。可见她们老王家，至少对女性的文化教育不太当事。

更重要的一面，则是小说艺术结构的需要。你可以简单地想象，《红楼梦》的女性世界，若少了王熙凤这么一个俏丽而泼辣、聪明而狠毒的角色，将会单薄多少！而识字不多，正是构成其性格特征的重要条件。

一说到女孩不读书，人们很容易联想到"女子无才便是德"的古训，推测王家的人或许受到它的影响。其实真是未必，也许在那样的家庭看来，传统的诗书，一般人以为珍奇的风雅，倒是妨"才"的无用之物。岂不闻"刘项原来不读书"！

归结到王熙凤，谁敢说她"无才"？秦可卿直夸她："你是个脂粉队内的英雄，连那些束带顶冠的男子也不能过你。"而展现她的才能的一场实验，是整顿宁国府。她那样清晰地归纳出宁府混乱状态的症结所在，以强人的姿态制定出具有针对性的新规则并果敢地加以推行，并迅速地收到效果。不要说这只是一个贵族家庭内部的琐杂事务，一群人会聚在一起产生权益的纷争，这就是微型的政治，它需要和政治家相同的智慧。毛泽东把《红楼梦》当作政治书来读，这也是他的着眼之处吧？

但是精干的王熙凤不是延缓却是加速了贾府的颓败。因为她是那样地贪婪，几乎把千方百计搜刮钱财当成了自我欣赏的机会；她弄权作恶，又是那样肆无忌惮，不留余地。第十五回王熙凤在铁槛寺对老尼说的一段话，听上去让人惊心动魄："你素日知道我的，从来不信什么是阴司地狱报应的，凭是什么事，我说要行就行！"这一次她从老尼姑手里收取了三千两银子，利用贾府的官场关系干预一门婚事，结果是断送了两个年轻人的性命。这样的事情一桩桩积累起来，最后总是要变成报应。

当然，读过书、有文化，并不能给人提供什么道德担保。但古人将"知书识理"连在一起说也绝不是毫无道理。大多数情况下，读书人总会对自己良知的恶化有所戒惧，对变幻无常的世态有所戒惧。王熙凤不在乎这些，她是一个字面意义上的"彻底的唯物主义者"，她无所畏惧。

只有一回，王熙凤跟诗发生了关系。她用"一夜北风紧"五字，为大观园诗社的联句吟诗作开头。这是一句漫不经心的大白话，却是恰当而有味，可以引发丰富的展开。那么，作者的意思，是要暗示在王熙凤内心里，也还是有一分她自己也未必能察觉的诗意？这不太容易说清楚。

王子腾——《红楼梦》里的影子人物

王子腾在《红楼梦》里前后被似乎是不经意地提起过几次，却从来没有正式现身。但这个影子似的人物却深刻地影响着小说情节的进展和众多角色的命运。这一种特殊的设计体现了《红楼梦》结构上的精致——既避免直接涉及政治矛盾，又用影影绰绰的笔法为小说设置了深远的背景。

我们知道《红楼梦》中有贾、史、王、薛四大家族，他们通过婚姻关系形成政治联盟，互为奥援。但史家和薛家在小说开始时就已经不怎么活跃，没有什么权势煊赫的人物。至于贾府，作为两位"国公"的后裔，又出了一位皇妃，自然非同小可。但从政治实权来说，宁国府的贾珍和荣国府的贾赦都是空头爵爷，唯一实际从政的贾政也不过做到工部员外郎（相当于司局级巡视员），这一家族的颓势已经呈现。而此时势头正旺的就是王家，它的代表人物便是王子腾。

故事开始时，王子腾的官衔是"京营节度使"，即京都地区的最高军事长官。在古代这是要害性质的职务，任此职者毫无例外都是皇家的亲信（宁国府上一代的贾代化也曾担任京营节度使，表明那时贾府尚处于强势状态）。到了第四回，说到王子腾升了"九省统制"（第五十三回提及王的官衔是"九省都检点"，两者当是同一回事），即九省军务总督，它比"京营节度使"具有更大的实权。在高鹗续作的第九十五回，又将他的官职提升到"内阁大学士"，相当于宰相的位置——可惜他因病死在入京的途中。所谓"出将入相"，表明王子腾乃是最高统治集团的核心人物。

对于封建时代的政治家族而言，家国是一体的；其成员社会关系方面状况的不同，必然影响家族内部的权利分配。所以，尽管荣国府的长房和爵位继承人是贾赦，但其夫人邢氏因为母家的地位平常，不能给贾府带来权势的支持，就无法在家族内获得足够的尊重。而贾政虽是次房，他的妻子王夫人却是王子腾的胞妹，王夫人便能顺理成章地掌控了荣国府的内部事务；当她不太想管事的时候，援引内侄女王熙凤做自己的代理人，好像也没有谁表示反对。这位"凤辣子"恣横无忌，光彩耀目，根源还在其不可一世的伯父。进一步说，贾宝玉在府中为什么格外受众人抬举？恐怕不只因为贾母的宠爱，更重要的恐怕是：唯有他才是贾、王两族的血缘结晶和血缘纽带。

王子腾在《红楼梦》里一句话也没有说过，他的威势却处处存在。像薛蟠这样无法无天的浑人，听到舅舅的名字就有几分害怕（他母亲薛姨妈也是王子腾的胞妹）。贾雨村因为贪酷而遭到黜免，是通过贾政的门路得到王子腾的保举而官复原职。他在薛蟠打死冯渊的案子中徇情枉法，事成之后特意向原本并无交往的王子腾报功，又再度获得了迁升的机会。

在第六十八回所写王熙凤害死尤二姐的事件中，王子腾的威势显得格外惊人。王熙凤为了制造事端，控制局势，指使张华到都察院用相当严重的罪名状告自己的老公贾琏。都察院是主管官员的司法机关，类似于现在的监察部。如此高级别的官衙，王熙凤一名深闺中的妇人，竟能如同揉捏面团一样操纵它办案，毫不害怕告状告出自己无法控制的结果，原因在书中有清楚的交代："都察院又素与王子腾相好。"

要说贾府势力的现实支撑，主要的就是一位贵妃，一个王子腾，后者应当更为重要。所以高鹗续作《红楼梦》写到贾府走向彻底败落时，在第九十五回先是让元春突然因病死亡，继而又让王子腾在进京的路途中意外病故。这以后，贾府犹如大厦崩塌，一派狼藉，一片凄楚。

当然，在许多事件中，王子腾并未露面。他未曾示意贾雨村枉法，也并没有让都察院随着王熙凤的指挥跳舞。他好像只是个影子，不动声色。而真正有趣的是：渺小的权力才会竭力夸张，唯恐别人看不见；当权势足够强大时，影子就能充分表达它巨大的力量。

香菱学诗

《红楼梦》里的女儿性情各别,读者也有不同的喜爱。十年前和日本京都大学的金文京教授闲聊,他说他最喜欢香菱,蛮认真的样子,至今还记得。

香菱的故事,读起来真是不忍。她原是乡宦甄士隐的女儿,名唤甄英莲(谐音"真应怜")。小富之家,书香门第,父母疼惜,到人间算是投得好去处的,却在三岁那年被骗子拐走。待稍稍长成,拐子盘算将她卖了,恰有个小乡绅之子冯渊真心喜爱她,郑重其事地要娶回去。好像绝处逢生,又不料拐子一女两卖,另一头的买主正是没心肝的呆霸王薛蟠(宝钗她哥)。争执起来,冯渊被打死,香菱成了薛蟠的妾。起初日子也还马虎,其后薛蟠娶了正妻夏金桂，又是一个凶悍冷酷的婆娘。终了香菱被折磨致死。后四十回写她被扶为正妻，死于难产，还留下一子，那是高鹗惯用的将悲剧淡化的手段，并不符合曹雪芹原来的设计。

《红楼梦》常把人生的悲剧描述得尖锐而激烈，在香菱的故事中，这是将她的性格与命运相对照而造成的。她生得袅娜纤巧，性情温柔安静，对人忍让，留着几分天真，却又非常懂事。从头到尾，我们就没见香菱行事有一分的不是。脂砚斋评语说她"根基不让迎、探，容貌不让凤、秦，端雅不让纨、钗，风流不让湘、黛，贤惠不让袭、平"。就这么一个女孩，竟落在一个粗蠢的男人和一个凶恶的女人手中，被凌辱，被殴打，被摧残而早夭。世间岂有天理，岂有公道！这是《红楼梦》要说的一句惊心动魄的话。

"香菱学诗"的故事在第四十八回，因薛蟠外出经商，宝钗便把她带进了大观园给自己做伴，于是她乘便拜林黛玉为师，刻苦用功，学起作诗来。这大概是香菱被拐以后一生中仅有的美好时光。

书中写香菱照黛玉吩咐读了王维的诗集，谈

她所领略的"滋味",说得颇有些味道。"诗的好处,有口里说不出来的意思,想去却是逼真的。有似乎无理的,想去竟是有理有情的。"这其实是对诗的感性特征和隐喻功能不错的理解。再用《塞上》一首中的名句"大漠孤烟直,长河落日圆"为例子,解析说:"想来烟如何直?日自然是圆的:这'直'字似无理,'圆'字似太俗。合上书一想,倒像是见了这景的。若说再找两个字换这两个,竟再找不出两个字来。"又从"渡头余落日,墟里上孤烟"一联,联想到往年在行途中泊舟时所见景象:"岸上又没有人,只有几棵树,远远的几家人家做晚饭,那个烟竟是碧青,连云直上。谁知我昨日晚上读了这两句,倒像我又到了那个地方去了。"可见这美好的女孩心中本来就有美好的诗意,只是自己说不出,待见了王维的诗句,好像是为自己写在那里的。这不仅得到林老师的首肯,连宝玉在一旁也夸奖道:"可知'三昧'你已得了。"

香菱的父亲是喜好诗歌的读书人,她虽然幼年罹祸,生命中似乎却有诗的慧根。小说中写她学诗的情节,一方面是暗暗映衬她的身世,提醒人们她原本属于"雅"的社会阶层，同时也写出了她的聪慧灵秀。这使她的性情和命运的对照显得格外强烈，令人伤感无已。

再推开一层来说，诗是什么呢？人在阴冷卑污的浊世中生存，挣扎于不可解脱的困境，有了诗，便好歹有了精神上的避难所。在精巧的语言所构建的虚幻世界中，人得以追逐他的梦想，抚玩它那闪烁的光影和舞动的节律。

《红楼梦》中尽多诗人，但谁也不曾像香菱那样为诗而痴迷，读诗读到"茶饭无心，坐卧不定"，吟诗吟到"挖心搜胆，耳不旁听，目不别视"。这岂止是刻苦呢？她其实是在追逐自己久已失去的人生的可能。宝钗于诗自然有着好得多的修养，但她却不认为香菱值得这样苦熬心血："你本来呆头呆脑的，再添上这个，越发弄成个呆子了。"事实上香菱也不能够在诗中痴呆多久，阴冷而坚硬的现实很快击碎一切：她的美丽、聪慧、柔顺，和她的诗。

在香菱的眉心间有一颗米粒大的胭脂痣，引着人去看她，和永远不能看明白的人生与命运。

薛蟠和"薛蟠体"

前回说到《红楼梦》写香菱学诗是一个很有意味的情节,它和香菱坠入苦难深渊的命运构成了令人叹惋的对照。由此想起那个把香菱强抢到手的"呆霸王"薛蟠,也跟诗有关。

《红楼梦》录存薛蟠"诗"两首,都是第二十八回中他与贾宝玉、冯紫英诸人在酒宴上为行酒令而作。第一首有四句,但只能抄出三句:"女儿悲,嫁了个男人是乌龟;女儿愁,绣房钻出个大马猴;女儿喜,洞房花烛朝慵起。"到了第三句忽然极雅,证明薛大爷还多少记得些戏文唱词之类;到了第四句忽然又极粗俗,一般都知道,就是不好写出来。还有一首是曲子:"一个蚊子哼哼哼，两个苍蝇嗡嗡嗡。"据薛蟠介绍，此乃"哼哼韵"。

再回想香菱学诗的巧慧善解和煞费苦心，更容易明白她伺候这呆霸王的辛酸。"绣房钻出个大马猴"，也可以算是他无意中的自我写照吧。

要说薛蟠为人的性情，也就是"呆"和"霸"两字。霸，很简单，他们家财大气粗，他爸虽然早死了，论余威却远不止于李刚什么的，所以行事霸道，任意胡来。光打死人，他就犯了两回。先是为了跟冯渊争夺香菱，唤手下人把冯渊给打死了，然后浑不当事地一走了之，该干什么还干什么——这是曹雪芹写的。到高鹗续书，他体会这呆霸王绝不能坏事干了一回便了，在第八十六回又写到薛大爷行商在外，看一酒保不顺眼，直接抄起碗砸人脑袋上，把人给砸死了。这回费了些周折，他妈和他聪明的妹子薛宝钗动脑筋花银子走门道，才将他从牢里给捞出来。

说到呆，情形稍微复杂些。从前后的故事来看，薛蟠绝不是先天的智商低下，只不过从小缺乏管束，任性惯了，没读几本书，在讲究文化装饰的豪门圈子里自然显得粗鄙一些。更重要的是胡作非为久了,凡事不从脑子里过,心机就少,说话直来直去的,愈发显得呆气十足。这么看,"呆"和"霸"其实是相伴而生,因霸而呆。

《红楼梦》读者中,不乏对薛蟠有好感的人,认为他有"真性情"。清朝有个叫涂瀛的老兄,在一部《红楼梦论赞》里便说他"天真烂漫,纯任自然,伦类中复时时有可歌可泣之处,血性中人也"。这样说倒也不是全错。不过,天下混蛋有真性情尽多,难道有了真性情就不是混蛋了吗?

薛蟠被贾宝玉一帮人逼着吟成的"诗"虽然不成个玩意儿,但他在诗坛的名气却远远超过贾宝玉之流——后人借他的大名命名了一种诗体,唤作"薛蟠体"。

"薛蟠体"有时被用来指一些口语化的意思浅俗的诗,譬如清末民初诗坛大腕王闿运便曾说过,齐白石的画还不错,诗不过是"薛蟠体"。齐白石诗到底如何暂不置评,反正王闿运这样的用法肯定不够精确。浅俗的口语体诗,古有定名,或称为"竹枝体",再差一点便叫作"打油体",干吗又扯上个薛大爷？所谓"薛蟠体"者，关键在于"呆""霸"二气，也就是敢于直截了当地胡说，非唯浅俗而已。

所以标准"薛蟠体"诗的作者，身份往往非同寻常。张鸣的一本书里举朱元璋一首咏菊诗为例，称其"百花发时我不发，我若发时都吓杀"云云，乃是标准的薛蟠体，这就说得不错。民国时期的军阀张宗昌可以说是薛蟠体的极合格的传人，他大字识不得几个，却爱写诗。有一首诗说："大炮开兮轰他娘，威加海内兮回家乡。数英雄兮张宗昌，安得巨鲸兮吞扶桑。"且不论志在抗日（抗日的仗没见他打过，但"诗言志"，志好像还是有的），政治正确，下笔便是"轰他娘"，端的不同凡响。

当然不能说"呆"和"霸"一定会联在一起。但霸得久了，觑得天下无人，只自己是条光棍，把"放屁"什么的都弄到诗词里去，虽然也有人可以讲解成花团锦簇，那霸气里已然夹上呆气，总是没得可说。

贾雨村判案

中国古代戏曲小说中讲到判案的故事特别多。"清官戏"如包青天动辄一声威喝命人抬出大铡刀是一类,好人无辜蒙冤如林冲、窦娥又是一类。这大抵是因为老百姓掌握不了自己的命运,只好一边诉苦一边梦想。

写冤案最仔细的要数《红楼梦》第四回"葫芦僧判断葫芦案"一段故事。它被选入中学课本,既有教育意义,可以让学生了解旧社会的昏暗,又具艺术性,可以让学生揣摩做文章的道理。

判案的官员贾雨村,绝不是戏文里面简单化、脸谱化的角色。他曾经是林黛玉的老师,也是受林家之托送黛玉进京入贾府的"护花使者",学问与才情都是可以想象的,正常情况下的品格也必有忠诚可靠之处——否则林如海岂能放心。

故事开头说贾雨村因得到贾府帮助,由撤职官员的身份起复,新授了应天府知府,便接手一桩人命官司,就是呆霸王薛蟠与冯渊从拐子手中争买一名丫头(后来改名香菱),薛蟠命手下豪奴将冯渊打死。要说贾雨村全无正义感和为官的责任心,也是冤枉他。当时听原告申说案情,明白言及薛氏乃是"金陵一霸",贾雨村并无畏惧,当下大怒道:"岂有这样放屁的事!打死人竟白白的走了,再拿不来的!"立刻发签差公人将凶犯家属拿来拷问。你可以画出那种大义凛然的嘴脸。

问题在于贾雨村开始尚不明了那"金陵一霸"究竟霸到何种程度,他或许以为只是地方上的黑社会、土霸王?还亏"案旁站着一个门子,使眼色不叫他发签",而后一番请教,才知晓厉害:原来这薛家乃是互为姻亲、联结一体的贾、史、王、薛四大豪门之一,不仅自家是皇商,而且薛蟠的姨父就是荣国府的贾政,亲舅舅王子腾现任着"京营节度使"!这就非同寻常了。

贾雨村面对这案子有很多为难之处。从门子口中，他得知那个被拐卖的女孩，原来是旧友甄士隐的女儿英莲。最初贾雨村落魄不堪，借居于姑苏葫芦庙，靠鬻文卖字糊口。家住庙旁的小乡宦甄士隐赏识他的才气，怜惜他的沦落，特意送了他五十两银子，让他进京赴考。这是贾雨村走向飞黄腾达的第一个台阶，而甄士隐可以算是他的第一个恩人。

应考得官以后，贾雨村也曾重访甄家。虽然首要目标是甄家曾经与他眉目传情的丫鬟，但他也以一百两银子和"许多物事"作为报答，让女儿被拐、丈夫出家的甄家娘子"好生养赡，以待寻访女儿下落"。这些做得都很得体，也颇有人情味。可以想象，如果打死冯渊、买走英莲的是个寻常恶霸，他一定会惩治凶手，同时为朋友找回女儿。公义与私谊兼顾，岂不快哉！恐怕要赋诗好几首才能尽兴吧。

但贾雨村现在面对的是薛家和与之相关联的贾、王诸豪门。按照小说中的交代，贾雨村失官后重获起用，是通过贾政得到王子腾的保举，他们同样是他的恩人。辜负甄士隐是"忘恩负义"，但这只有他自己内心知道，不造成任何实际利益的损失；辜负贾家、王家同样会被指斥为"忘恩负义"，如果得罪了这些人，他将从此失去在仕途上获得进步的机会。

而门子说的一段大实话，更给了贾雨村现成的理由：如今的世上，所谓"正理"是行不通的。"依老爷这一说，不但不能报效朝廷，亦且自身不保！"他完全可以认为实际上他也没有力量将薛蟠逮捕法办，四大豪门不是应天府衙门对付得下来的。既然如此，他就不妨送一个人情给贾政和王子腾，胡乱判案之后，修书报告"令甥之事已完，不必过虑"，表明自己是知恩图报的。

冯渊的不幸怎么说呢？英莲的前程会是怎样的呢？"这也是他们的孽障遭遇，亦非偶然"。一切都在冥冥之中有所注定，人的命运只能自己担着，跟他这当官的未必有什么关系。

我们一路说下来，知道贾雨村有学问，有才情，在一定条件下也有正义感和责任心，并不是天生的坏人。只是因为在任何情况下，他都要选择对自己最有利的机会，于是就没有任何可以坚持的操守，于是就很轻快地滑落到卑鄙无耻之中。

女人的等级

贾宝玉的宏论,说"女儿是水做的骨肉,男人是泥做的骨肉,我见了女儿便清爽,见了男子便觉浊臭逼人"。这话很有名,人们据此判断这公子哥儿思想进步,尊重女性,具有男女平等意识。

能不能拿现代意义上的男女平等思想套用在贾宝玉身上,这问题其实很复杂,三言两语也说不清楚。但有一点是可以辨明的:他绝不是把所有女性同等看待、同样尊重,而是将她们分为不同的等级而采取完全不同的态度。分级的标准非常简明:第一看是否处女,第二看是主子还是奴婢。这两条标准同时也就标明了宝玉自己的身份:他是男子,他是贵公子。

前面引的一段话不可以粗疏地读过去：必须是"女儿"——未嫁的女孩儿——才是"水做的骨肉"，嫁了人之后立刻就掉价了。贾宝玉还有一段话说得更明白："女孩儿未出嫁是颗无价之宝珠；出了嫁，不知怎么就变出许多不好的毛病来，虽是颗珠子，却没有光彩宝色，是颗死珠子；再老了，更变得不是珠子，竟是鱼眼睛了。"

怎么地女子嫁与未嫁有如此天壤之别？一方面固然可以说，成了家的女子总是更实际些，多些柴米油盐的计算，不免透出些俗气，但更重要的原因却还是在贾宝玉这一边：他是个"意淫"的泛爱主义者，几乎每一个"女儿"都可以成为他的性幻想的对象；而她们一旦出嫁，顿时就失去了可供梦思的光泽。

因为贾宝玉肯曲意奉承女孩，包括贾府里那些漂亮的丫鬟们，大家都愿意夸奖他。但要说到如何"平等"，好像消除了主奴之别，其实不是那么回事。

第二十八回写道，贾宝玉看见薛宝钗"雪白一段酥臂"，不觉动情，暗想这个膀子若在林姑娘身上，或者还得"摸一摸"（娶作老婆的话），偏生是宝姐姐，只恨无福消受了。这里的描写可见出宝玉也并非只是"意淫"，官能的快乐也是要的。不过他很明白对宝钗不可随便，因为有身份在那儿。那么丫鬟呢，鸳鸯的脖颈白腻，宝玉就能"不住用手摩挲"。这种摩挲很纯洁吗？我是不晓得。还有母亲房中的金钏儿，他也顺便走过随口调情："我明日和太太讨你，咱们在一处罢。"这一闹引出意外，结果是金钏跳井身亡。而真正可叹的是，那金钏儿并非宝玉喜爱之人，他只是胡调而已。"女儿"固然珍贵，丫鬟总还是丫鬟。

身份低下，又嫁了人，再加有了些年纪，那就叫"婆子"，最不值钱而讨人嫌。有一回宝玉到黛玉那儿去，黛玉叫他去外间拿个枕头躺下，"宝玉出至外间，看了一看，回来笑道：'那个我不要，也不知是哪个脏婆子的'"。又有一回，宝玉看见司琪被周瑞家的等几个媳妇拉走，愤恨地说道："奇怪，奇怪，怎么这些人一嫁了汉子，染了男人的气味，就这样混账起来，比男人更可杀了！"

这样我们看到，在贾宝玉的世界里，女人占

据两个极端:"女儿"在云端,缥缈柔媚;"婆子"在尘土,肮脏丑陋。为什么"婆子"染了男人的气味,就比男人还该杀呢?因为"婆子"的存在是对"女儿"梦的严重破坏,是对他的处女情结的亵渎。

据潘金莲评价,西门庆恨不能把天下的女人都拉上自己的床,而贾宝玉的理想,则是周围的女孩在他死之前一个也不要出嫁。他们都有特别强烈的占有欲,不过西门庆是肉体方式,贾宝玉则是精神方式,两者有粗鄙与文雅之分。而对异性的占有欲不仅仅是生物本能的表达,它还是权力的表达。西门庆的自信来自金钱,他相信没钱买不到的东西,那么贾宝玉的自信来自何方?他有着超凡的灵慧和高贵?他根本和他人不平等?

"平等"是一种奇怪的想象。卢梭以提倡平等著名,"人生而平等"的格言全世界都知道。可是他对贵妇人动感情时会激动得浑身发抖,对自己的洗衣女工出身的长期同居者(老死之前转正为妻子),却打心底感到鄙夷。也许,平等是很好的思想,却不如不平等快乐。

贾宝玉不好演

新版《红楼梦》上了电视屏幕，偶尔瞥上一眼，只见贾环在那儿手舞足蹈的，再瞧一回，才知是贾宝玉。我这么说没有批评的意思，因为并不曾认真看过这部电视剧，只是由瞬间的误会，想到贾宝玉真是不好演。其实八七年版的《红楼梦》，那个宝玉也是笨拙有余，灵秀不足，智力不够用的样子。

《红楼梦》是一部写实与诗意幻境混合的小说。它的写实内容非常强大，也容易理解。你要写到那个水平几乎是不可能的，但曹雪芹写出来了，你会觉得生活本来就是那个样子。所以小说中愈是偏向写实的人物和情节，就愈有可能精确地把握与再现。典型的例子莫过于王熙凤了，邓婕的表演足够精彩。

但《红楼梦》中还有一部分充满诗意的内容，它对小说作为虚构世界的氛围起着决定性的作用，却又远离于普通人的生活经验。即便读者能够调动极其复杂的知识背景加以解析，仍然有其缥缈不可把握之处。这种内容宜于用文字来表现，因为语言能够容存歧义、含混和暗示，而付诸表演艺术就非常困难。因为并不知道究竟如何才算"像"，所以怎么着都会感觉"不像"。小说人物中，那个仙气飘忽的林黛玉就足够让表演者感到麻烦，要说演好贾宝玉，恐怕真要等待一位天才了。

说贾宝玉不好演，首先是因为他在小说中的身份同作者试图借以寄托的人生感受相互冲突。胡适认为《红楼梦》是曹雪芹的"自述传"，笼统而言，这一说法大致能够成立吧。这样有一个问题就出现了：假定贾宝玉是回忆的产物，正在展开回忆的人——那个孤居于北京西郊黄叶村的曹雪芹，已是久经沧桑、饱尝艰辛，于人生有深思。即便无意，他的人生经验也会渗透到他的回忆中去，改变所谓"回忆"的内容。而况他是有意的,他要借助那块失去"补天"机会的"石头"在人世的沦落,寄托自己一生的伤感。所以宝玉在小说中一出场,便已笼罩在属于曹雪芹的苍凉气息中。据说新版《红楼梦》的导演有意选择年岁偏小的演员出演贾宝玉,以求符合小说规定的条件。可是说实话,理解曹雪芹的人生感受对于导演而言亦殊非易事,又如何让今日的黄口小儿去理解他?

贾宝玉不好演,还因为他身上的某些气质非常人所有——譬如性早熟。追究《红楼梦》人物的年龄是件麻烦事,但大致可以判断:在曹氏所作前八十回故事中,贾宝玉的岁数是从九岁左右到十七岁上下,整个属于少年时代。而同袭人"初试云雨"的情节,至多在十二三岁。这一特质对《红楼梦》世界的形成非常重要:只有对异性敏感的少年,才会把她们想象成如此纯洁、完美,才会相信"凡山川日月之精秀只钟于女儿,须眉男子不过是些渣滓浊沫而已"。曹雪芹显然无比珍爱自己少年时代绮丽的梦思,才会在回想之中,使之呈现为韵趣灵妙、光华宛转的情态。泛泛地说《红楼梦》如何尊重女性，很容易陷入枯涩的社会学理论。

在中国古代条件下，对性早熟这一人性内涵要么回避不视，要么归结为恶人才有的魔鬼本性，《红楼梦》属特例。只是因为受到西方文学——尤其是卢梭《忏悔录》的影响，在现代文学中，它才常常被当作天才的征兆。但这终究是一种特异的人生情感，恐怕不是大众化的影视艺术容易处理的东西。

根本上，宝玉形象的阐释也是困难的。一些研究者试图把宝玉阐释为"封建社会末期的叛逆者"、一个"新人"，其实是不着边际。曹雪芹看他（也是看自己），正如那块未得用的补天石，虽然"灵性已通"，却到底不过是一个废物。他被自己所从属的世界所否定，他也否定这个世界具有任何价值，而最终归于老庄、佛禅所论述的虚无。如果说世界还有值得赞美的地方，仅仅是那些美丽的女性；如果那些女性也遭到毁灭，而生存的事实还必须延续下去，唯一可做的事情便是对她们的追忆。因此，宝玉虽有着丰富的生命感受，本身却没有价值,没有独立的存在理由,也没有任何积极的行为动机。要演好如此的"废物",谈何容易?

梦断芙蓉

《红楼梦》前八十回的最后一个高潮是晴雯之死。这也是小说中特别让人感到震颤和哀伤的情节。

晴雯的故事表现出的最大特点，是她身为奴婢，却完全不像一个奴婢。宝玉房中有众多的丫鬟，粗杂事务如扫地、端饭等等无须她来做，而宝玉贴身的事情，则有袭人领着麝月、秋纹诸人承当。那贾宝玉是贾府中的闲人，晴雯则是怡红院中的闲人。却正是这一对闲人，性气来得投合，于无所事事、无所用心中嬉戏和吵闹，成为他们生活中最大的快乐。

不仅是很少做奴婢的差事，晴雯也很少表

现出奴婢难免的阴柔性格。她不像袭人那样用心地谋求一个姨太太的位置，更不屑于在主子面前讨好钻营。小红得到凤姐的赏识，开心得不知如何，被晴雯一通嘲骂："怪道呢！原来爬上高枝儿去了，就不服我们说了。不知说了一句话半句话，名儿姓儿知道了没有，就把他兴的这样！"（第二十七回）秋纹因为得到王夫人赏赐的旧衣服而得意，晴雯却想起王夫人曾把好衣服给了袭人，逞性地说："一样这屋里的人，难道谁又比谁高贵些？把好的给他，剩的才给我，我宁可不要，冲撞了太太，我也不受这口气！"（第三十七回）

就是对贾宝玉，晴雯也不能忍受他时而发作的主子脾气。第三十一回写晴雯不小心跌碎一把扇子，宝玉骂她"蠢才"，她却冷笑道："二爷近来气大得很，行动就给脸子瞧。前儿连袭人都打了，今儿又来寻我的不是。要踢要打凭爷去。"最后还是宝玉倒过来讨好她，递过自己的扇子，又抢了麝月的扇子给她撕着取乐，才算平息了这场风波。"撕扇子作千金一笑"，很像旧小说中常见的风流故事，但这里却别有深意：正因在宝玉与晴雯之间多少存在超越身份的情义，晴雯对于自己的人格尊严才会显得格外敏感。

晴雯有什么特殊的依赖，可以如此任性？当然，她是贾母特意给宝玉使唤、暗寓备选侍妾之意的丫鬟，地位略高于他人；她美貌出众，王熙凤说过："若论这些丫头，总共比起来，都没有晴雯生得好。"恃宠而骄，也不是全然没有。但所有这一切，都不足以让她超越自己的奴婢身份。归根到底，是小说作者立意要在奴婢群中塑造一个诗意化的形象，以表观他对人性和人的命运的理解。

这样一个心高气傲、明艳而热烈的女子，令人对她的青春生命有许多美好的期待。然而她的命运恰与这种期待截然相反：正是因为她不能依照奴婢的身份仰人鼻息，小心行事，她的俏丽和骄傲便成了招致祸害的根由。到了抄检大观园时，她又不肯忍受羞辱，当众冲撞代表邢夫人的王善宝家的，终于背上"轻狂""妖精"之类恶名，在病中被撵出大观园。而终了的气氛尤其阴郁：晴雯没有亲人，只有一个号称"醉泥鳅"的表哥和淫浪的表嫂，她无人看顾，死在了他们肮脏而又充溢着腐臭气息的小屋里。尸骨被焚，无地葬身。尽管《红楼梦》总体都是描述美的毁灭，但晴雯的摧折，因为暴烈和残酷，还是格外让人感到窒息。

贾宝玉又如何呢？他也算是不失多情吧，在母亲决意赶走晴雯时，"连死的心都有"，却始终不敢多说一句话；他在晴雯病危之际设法去探望过她，听到晴雯悲慨的自白，但遭到晴雯嫂子下流的戏弄与勾引，吓得赶紧逃跑了。他做得最认真的一件事，是精心撰写了一篇文辞华美的《芙蓉女儿诔》，悼念死者，声讨迫害她的鬼蜮之徒，宣称："钳诐奴之口，讨岂从宽；剖悍妇之心，忿犹未释！"但这仅仅是一个语言的胜利。

无论是从社会学的意义上把贾宝玉视为专制制度的叛逆者，还是从自传文学的视角上将他视为作者的化身，都容易对他产生过度的好感。而事实上，小说所描写的贾宝玉，只是一个厌倦他的世界却没有任何行动能力的废物。写到第八十回，美丽的女子一个接着一个走向毁灭（紧接晴雯的是香菱），废物仍然是废物，也许曹雪芹厌倦了，他不再有力量写下去。